내 마음속의
신을 움직이다(神進行)

내 마음속의 신을 움직이다

발행일	2020년 4월 10일

지은이	신진행		
펴낸이	손형국		
펴낸곳	(주)북랩		
편집인	선일영	편집	강대건, 최예은, 최승헌, 김경무, 이예지
디자인	이현수, 한수희, 김민하, 김윤주, 허지혜	제작	박기성, 황동현, 구성우, 장홍석
마케팅	김회란, 박진관, 조하라, 장은별		
출판등록	2004. 12. 1(제2012-000051호)		
주소	서울특별시 금천구 가산디지털 1로 168, 우림라이온스밸리 B동 B113~114호, C동 B101호		
홈페이지	www.book.co.kr		
전화번호	(02)2026-5777	팩스	(02)2026-5747

ISBN	979-11-6539-100-3 03810 (종이책)	979-11-6539-101-0 05810 (전자책)	

이 도서의 국립중앙도서관 출판예정도서목록(CIP)은 서지정보유통지원시스템 홈페이지(http://seoji.nl.go.kr)와
국가자료공동목록시스템(http://www.nl.go.kr/kolisnet)에서 이용하실 수 있습니다.
(CIP제어번호: 2020014155)

(주)북랩 성공출판의 파트너

북랩 홈페이지와 패밀리 사이트에서 다양한 출판 솔루션을 만나 보세요!

홈페이지 book.co.kr　　•　　**블로그** blog.naver.com/essaybook　　•　　**출판문의** book@book.co.kr

조현병을 앓으면서도 한줄기 희망을 키워온 한 30대 남자의 감동 투병기

내 마음속의 신을
움직이다

신진행(辛進行)

북랩 book Lab

목차

신진행 에세이를
시작하면서

알리는 말씀

안녕하세요! 지금 보시는 에세이의 이야기들은 모두 제 이야기입니다. 가족이나 친구, 친지 등 다른 사람과 관련된 이야기는 적은 편입니다. 개인적인 이야기를 담으려고 노력했으며 다른 사람에 관한 이야기는 가급적이면 싣지 않으려고 노력했습니다. 책에 있는 내용은 대부분 평범하지는 않습니다. 이 책에 대한 정체성을 최대한 지키려고 썼고 가급적이면 기억나는 건 거의 다 제 이야기로 담았습니다. 제가 감사하게 생각하는 선생님들과 지인들에 대한 이야기도 포함해야 그분들에 대한 도리일 것 같아서 정식 출판본에는 고마운 사람들에 대한 이야기도 썼습니다.

책은 기록으로 평생 남는 것이고 중립적이지 않기에 웬만한 일이 아니고서는 싣지 않았다는 것을 알려드립니다.

만약에 책에 실린 타인의 이야기가 있고 문제가 된다면 겸허히 받아들이겠습니다. 다만, 저에게는 싣고자 하는 이유가 있었던 사건이었기에 만나서 양해를 구하고 해당 내용을 실은 이유에 관해 설명하고 매듭짓고자 합니다.

나이가 1살 더 먹을수록 이런 생각을 하게 됩니다. '이번 1년은 작년의 1년과 달라야 한다.' 나이를 먹으면서 제 태도나 경험에 따라 올해는 좀 더 발전하거나 바뀌어야 한다고 생각합니다. 생각하는 것도 과

내 마음속의 신을 움직이다(神進行)

거보다 성숙해져야 한다고 생각하고 사람들의 처지를 봐주면서 행동해야지, 억울한 사람이 생기지 않고 제가 쌓게 되는 내공도 늘 것이라고 생각합니다. 좀 더 어른다운 사고를 하려고 노력하고 있습니다.

저는 편집성 정신분열병[1] 환자로 판정받아 지금 이 자리까지 왔습니다. 책에서 보면 아시겠지만, 후천적인 질환이고 지금까지 오면서 여러 가지 일이 있었습니다. 이런 일들을 경험하고 이 자리까지 왔는데, 만약에 정상적인 생활을 했다면 이렇게 살진 않았을 것이라고 확신할 수 있을 것 같습니다. 고생의 연속이었던 삶이었고 되돌아보면 삶에 굳은살이 많이 생겼다고 생각합니다.

사실 저는 약 없이는 정상적인 생활이 어렵습니다. 자기 전에 약을 먹지 않으면 현기증이 오고 제대로 식사가 되지 않으며 감정의 기복이 심한 사람이 됩니다. 아침 약도 있는데 그건 위장약입니다. 그걸 먹어야 식사하고 하루를 버틸 수 있습니다. 약에 의지하며 살아가고 있죠. 티는 안 내지만, 이런 많은 어려운 일이 있었습니다. 약 없이는 못 산다는 것이 한때 제가 치료받았던 대학 병원 입원과 관련 있다는 것에 대해서 느끼는 실망이나 후회도 노골적으로 이야기하겠습니다.

이제 제 나이는 30대 후반입니다. 그간 여러 가지 일이 있었습니다. 아직도 글쓰기가 부족하고 기억나지 않는 일들이 있어서 다 싣지 못한 것에 대해 아쉬움도 있지만, 어렵게 이 자리까지 온 것에 관해서는 이야기하고 싶었고, 제가 이러한 인생을 사는 것도 어쩌면 저의 미숙함과 잘못으로 인한 죄가 아닐까 하는 생각을 합니다. 이 책을 보는 사람들이

---

1)   편집자 주: 현재 정식 명칭은 '조현병'이지만, 이 책은 저자가 예전부터 기록해 왔던 모음집이기에 이전의 용어도 사용했음을 안내해 드립니다.

제가 했던 행동들을 보며 장애인들을 이해하게 되었으면 좋겠습니다.

이렇게 책으로 내야겠다는 생각은 다음 페이지에서 설명하겠지만, 아직 정신과적 질환에 대한 예시나 사례에 관한 책 중에서 정신병을 앓고 있는 사람이 직접 저술한 책은 희소하기에 정신과적 질환에 대한 의사들의 자료나 참고용이 될 것으로 생각합니다. 한편으로, 처음으로 정신과적 질환을 가진 독자들이 읽으면 비슷한 사례에 대해 이해할 수 있을 수 있겠다는 생각을 가졌습니다.

사실 너무 앞서갔을 수도 있지만, 이 책으로 제 기록을 남겨서 저와 같은 정신과적 질환으로 고생하시는 분들께 도움이 되고자 제 개인적인 이야기를 쓰게 되었다는 것을 알리며 책의 시작을 열겠습니다.

- 2020년 4월. 신진행

출간을 시작하게 된 계기

시작하게 된 계기는 다음과 같다. 2019년 3월에 ○○대학 병원에서 퇴사하고 직업을 찾아보며 시간을 보내던 어느 날이었다. 그 당시에는 대학 병원에서 일하면서 운동을 할 시간이 없었던 탓에 동네 뒷산에 가서 운동을 했다.

열흘을 연달아 등산하고 운동하며 시간을 보내고 있었는데, 땀을 빼고 집에서 씻으면서 무언가 떠올랐다. '이제 내 책을 쓸 때가 왔구나.' 오래전부터 에세이집 출판을 염원했기에 이번 기회에 책을 쓰기 시작했다. 운동 후 깨끗한 정신에서 책을 쓰겠다는 생각이 자연스럽게 들어서 시작한 것이었다.

책을 쓰기는 어렵지 않았다. 기존에 써 놓았던 기록들을 보고 참고하여 썼는데, 기록이 많지 않았다. 그래도 최근에 쓴 것이나 핵심적인 부분들은 다 기억하고 있었다. 나는 두통을 동반한 질환들을 항상 가지고 있었다. 그래도 이 내용들을 기억한 이유는 다음과 같은 생각에서였다.

"과거를 잊고 미래를 맞이하면 과거의 문제는 현재를 괴롭힌다."

항상 기억해서 다시는 과거와 같은 아픔을 가지지 말고 이 문제를 알리고 기록을 남겨서 설욕하자는 뜻도 있었다. 기록을 남긴 것만으로도 안심이 되고 억울함을 누가 봐주고 이해해줄 것이란 생각을 했기 때문이다.

그렇게 원고를 써나가는 것은 어렵지 않았다. 쉽게 써나갔다. 이유는 지어낼 필요가 없는 글들이었기 때문이다. 사실 그대로, 있는 그대로 있는 일들을 써서 내는 것이라, 지어내고자 하는 일에 스트레스받지 않았다.

원고는 3개월 만에 핵심적인 내용을 다 작성했다. 그리고 핵심적인 내용을 토대로 살을 붙이는 작업을 했다.

어느 정도 쓰니, 더 이상 과거의 생각을 기억하려 애쓸 필요가 없었다. 그로 인해 머리가 가벼워졌고 나를 괴롭혔던 과거의 기억을 흘려보낼 수 있었다. 책에 모두 기록되어 있으니 나는 한 번씩 책을 보며 기억하며 이야기하기만 하면 되었다.

㈜북랩 출판사를 알게 된 계기가 있다. 타 출판사에서 출판하려 했는데 금액이 비쌌다. 그리고 어떻게 운영되는지 믿을 수 없었다.

그런데 우연히 트위터에서 ㈜북랩에서 책을 출판한 어느 고교생의 글을 보았다. 자신의 일상을 다룬 글을 묶어서 책으로 냈다고 적혀 있었다. 그 글을 보고 해당 게시글을 클릭하니 글이 나왔다. 그래서 '내 팔로워가 책을 낼 수 있는 시스템이라면 쉬운 접근이 가능할 것 같고 합리적일 수 있겠다.'라는 결론에 도달했다.

내 마음속의 신을 움직이다(神進行)

그래서 출판사를 찾아보았더니 ㈜북랩 출판사였다. ㈜북랩에 문의하고 출판하기 위해 방문 약속을 잡는 것까지 시도했다.

이 글은 책이 나오기 전에 책을 시작하게 된 계기를 쓴 글이라 나중에 어떻게 되었는지는 다음에 책을 내거나 이야기할 기회가 생기면 그때 차근차근 하도록 하겠다.

그리고 이런 이야기도 들었다. 2020년은 경자(庚子)년인데 이때 을축(乙丑)생 띠가 길하다는 이야기를 들었다. 사업이나 재물과 관련해서 좋은 운이라고 해서, 책 출판을 미루지 말고 운이 들어왔을 때 하는 것이 좋다는 생각에 올해 출판을 결심하게 되었다.

10대 시절

(1990년대~2003년)

유치원과 엄마 교실과 학원 이야기

나는 어렸을 적에 유치원에 다녔던 기억이 있다. 그러나 구체적으로 무엇을 했는지에 대해서는 기억나는 것이 별로 없다. 기억나는 것으로는 유치원에 셔틀버스를 타고 오갔던 기억들뿐이다. 1990년도에 셔틀버스를 운영하는 유치원이라면 굉장히 고가의 유치원이었을 것이다. 그도 그런 것이, 유치원에서 학예회를 하는데 아이들에게 무용을 시켰다. 여러 가지 무용을 그 시절에 비디오카메라로 찍어서 편집하여 학부모들에게 비디오테이프를 주었다. 기억나는 게 없어서 유치원 시절은 넘어간다.

내가 사는 아파트에 엄마 교실이라는 어린이 학원이 있었다. 그 당시 돈으로 10만 원 안팎의 비용이었다고 들었다. 1990년대였으니까 꽤 큰 돈이었다. 그때 무슨 교육을 받았는지 기억은 나지 않지만, 후에 알게 된 이야기로 원장님이 SKY 대학교 출신 교육자였다고 들은 바가 있다. 몬테소리 교육을 그 시절에 하셨다고 하셨다. 나는 유치원을 졸업하고 거기에 다녔다. 생각보다 학습력과 지식 습득력은 좋았다고 한다. 기억은 안 나지만 어렸을 때의 교육이 긍정적으로 나아가는 데 도움을 주지 않았을까 생각한다.

국민학교 1학년 때부터 지금은 없어졌지만, 집 근처에 있었던 속셈 학원에 다녔다. 숫자 덧셈과 뺄셈이나 곱하기, 나누기를 배웠다. 곱셈과 나눗셈을 처음 접했을 때가 기억난다. 공부에 흥미가 없었는지, 아

내 마음속의 신을 움직이다(神進行)

니면 선생님이 가르쳐주지 않았는지 집에 가기 10분 전에 선생님이 관심을 가져주셔서 풀었던 기억이 있다. 몇 년 후에 속셈학원은 문을 닫게 되고 원장 선생님 집에서 개인과외를 몇 명과 같이 받았지만, 그렇게 공부에 흥미가 없었다.

예전에는 미술 학원이나 피아노 학원에도 다녔었다. 미술 학원은 그다지 성과가 없었고 피아노 학원은 동요를 치는 수준을 배우고 그만 다녔다.

태권도는 초등학교 3학년 때 다녔는데, 운동은 되었지만, 관리는 되지 않았다. 학원은 중고등학교로 갈수록 국·영·수 학원 한 군데만 다녔는데 인문계의 일반적인 반에서 공부하다가 고교 실업계 학원을 대학교 전까지 다니게 되었다.

초등학교 시절

어렸을 때의 기억이 토막처럼 남아있다.

국민학교 1학년 시절에 나는 어느 여자아이와 짝이 되어 수업을 받았다. 그때 왜 그랬는지는 모르겠지만, 자리 침범으로 싸웠던 기억이 있다. 내 짝이 날 때리자 나는 내 짝을 꼬집었고, 때릴 때마다 허벅지를 꼬집었다. 때렸기 때문에 꼬집었겠지만, 그때 내 짝은 힘들었을 것이다. 지금에서야 이야기하지만 허벅지를 꼬집은 것에 대해서 사과하고 싶다. 허벅지를 꼬집어서 그 애를 울린 적이 있었기에 더욱 기억에 남는다.

악연이 시작되는 것은 한순간이었다. 초등학교 1학년 때, 나와 같이 놀고 지냈던 아이가 있었다. 그 아이는 지금은 모르지만, 나중에 악연이 되어 증오하는 인물이 된다. 그 이외에는 별일 없이 구김 없는 1학년을 보낸다.

구김이 없다고 하니 초등학교의 에피소드가 떠오른다.

우연히 옷장에서 아버지의 양복을 만진 적이 있었다. 아버지 양복 호주머니에 천 원이 보였다. 천 원이면 그때 당시에는 큰돈이었다. 그래서 다른 아버지 양복 호주머니를 보니 또 천 원이 있었다. 여러 벌의 양복의 호주머니를 살펴보니 각각 천 원씩 있었다. 5천 원 정도를 슬쩍했던 기억이 있다. 그걸 내 책상 서랍 안에 넣어서 가지고 있다가

내 마음속의 신을 움직이다 (神進行)

집에 있는 누나에게 책상 서랍을 보여 주었다. 누나가 화를 내면서 다시 가져다 놓으라고 하여서 양복에 가져다 놓았던 기억이 있다.

우리 집은 오락실에 가지 못하게 했다. 그리고 잘못하거나 나쁜 짓을 하면 회초리로 때리던 가정이었다. 누나들은 연애를 못 하게 부모님께서 단속하셨고, 보수적이었다. 친구와 오락실에 가고 싶었는데 오락실 비용이 없어서 고민하다가 아버지 바지에서 2만 원을 발견한다. 2만 원을 가지고 오락실을 가려 했는데, 어찌하다가 아버지께 들킨 것이다. 그때 2만 원은 큰돈이었기 때문에 쉽게 들켰다. 반성문을 쓰고 아버지는 내 어린이 통장에서 돈을 빼서 갚는 식으로 변제했다. 그렇게 혼나진 않았지만 기억에 남는 일 중 하나다.

다른 일들이 있다면 어머니가 장롱 안의 이불 속에 무언가를 뺐다 넣었다 하셨던 일이다. 나는 그게 뭔지 궁금하여 손을 넣었는데, 아니나 다를까? 만 원짜리가 여러 장 있었다. 그때는 그게 돈이라는 건 알았지만, 그건 아마 생활비였을 것이다. 티 나지 않게 만 원씩 빼서 오락실에 가거나 밥을 사 먹거나 친구들과 같이 쓰거나 했다. 한 4차례 정도 했었고 더 하려고 보니 생활비 넣는 곳에 있던 돈이 사라졌었다. 어머니가 아마 옮기셨을 것이다.

이런 일들이 죄송한 일이고 내가 학창 시절에 저지른 악행이다.

다시 학교 이야기로 돌아오자면 3학년 때까지는 그나마 수업을 따라갈 정도의 학생이었다. 공부에는 별로 취미가 없었던 것 같다. 그리고 3학년 때 다른 학년의 애들보다 살이 쪘다. 그 덕에 놀리는 애들이 있었고, 1학년 때 나와 같은 반이었던 그 악연이었던 아이도 나를 뚱뚱하다고 괴롭혔다. 내 뒷좌석에 앉았는데 수업 시간마다 귀찮게 등을 때린 탓에 나는 그때 수업을 듣고 싶었는데 집중이 되지 않았다. 그래도 그 정도의 괴롭힘은 그렇게 센 것이 아니었기에 참을 수 있었다.

그러고 보니 그 악연인 아이와 연관된 초등학교 3학년 때 생일 축하 에피소드가 있다.

초등학교 때 학교에서는 생일이 되면 자기 집으로 친구들을 초대하여 생일 파티를 하는 경우가 많았다. 생일 파티를 하면 친구들이 생일 선물을 사 오는데, 장난감이나 문구류가 다반사였다. 생일 파티에 몇 번 초대되어 가 보니 재미있었고, 나도 생일 파티를 열고 싶다고 생각했다. 그래서 초등학교 3학년에 생일 파티를 하고 싶다고 어머니께 말씀드렸다.

말씀드리니 준비하시겠다고 했는데 파티를 당일에 하게 되어 급하게 초대했더니 다들 일정이 있다고 했다. 그때 같은 3학년이었던 배 씨 성의 아이가 자기 친구들과 함께 생일 축하를 해 주겠다고 했다.

그 이야기에 나는 기뻐서 생일 파티에 배 씨와 친구들을 생일 파티에 초대했다. 물론 생일 선물이나 그런 건 없었다. 생일 파티에 배 씨 친구는 친구들을 데려와서 내 생일을 축하해 주었다. 어머니께서 생일 준비를 많이 하셨다. 케이크나 과자나 음식들을 차려서 배 씨 아이와 친구들을 먹였다.

내 마음속의 신을 움직이다 (神進行)

집에서 컴퓨터로 게임을 하다가 그 아이들끼리만 집 근처 놀이터에서 말뚝박기를 했다. 어느 정도 놀이가 끝나갈 즈음에 다 집으로 돌아갔다. 생일에서 얻은 것은 없었지만, 그때는 그저 대수롭지 않게 생각했는데 지금 생각해 보니 어머니께 정말 죄송하다.

음식도 많이 차려 주시고 신경 써 주셨는데 나는 나를 괴롭혔던 애들에게 생일로 대접한 것이다. 아무것도 준비하지 않고 축하만 해 주고 끝난 것이 성인이 된 이후에 부모님에게 죄책감으로 드러나게 되었다. 내가 바라던 일은 아니었다.

4학년 때는 예전 이름이 놀림을 많이 받는다는 이유로 개명했다. 개명하고 뭔가 삶이 바뀐 것 같은 일들이 일어났다. 예전 이름과 지금의 이름은 다른 인생을 사는 것처럼 바뀌었다.

5학년이 되어서는 1학년과 3학년 때 같은 반이었던 그 악연이었던 아이가, 배 씨 이름의 그 아이가 5학년 때도 다시 같은 반으로 지내게 되었다. 5학년 때는 몸이 좋은 편이었기에 나는 무던하게 지낼 줄 알았다. 배 씨와 나와 다른 아이들은 같은 청소 구역을 맡게 되었다. 1층 화장실이었는데, 그 시절의 화장실은 그렇게 깨끗한 편이 아니었다. 그런데 청소하면서 어느 순간부터 배 씨가 나를 슬슬 괴롭히기 시작했다. 그 배 씨는 같이 청소하는 다른 아이들과 함께 나를 집단 따돌림을 시키기 시작한다.

그래서 청소 시간에 행해지는 일들이 괴로웠다. 그 아이들은 상상 이상으로 괴롭히기 시작했다. 청소 구역도 배 씨 아이가 제멋대로 정하고 물을 뿌려대는 통에 상당히 힘든 5학년을 보낸다. 괴롭힘이 절정이 다다랐던 어느 날이었다. 청소 시간에 화장실에서 배 씨 아이가 이유 없이 나에게 엎드려뻗쳐를 시켰는데 나는 치욕스러워서 그만 뛰쳐나갔다. 바로 선생님께 이야기했다. 선생님은 내려오셔서 나를 따돌린 아이들과 배 씨 아이를 혼내는 것으로 끝냈다. 이 아이들은 죄책감도 없는지 "와. 너 때문에 감옥 가 보겠다.", "감옥에서 나와서 복수할 거다." 라는 이야기를 했고 나는 그저 듣고만 있을 수밖에 없었다. 5학년 때의 일은 오로지 나 혼자 겪었던 일들이었기에 아무도 거기에 대한 책임이나 뒤처리를 해 주지 않았다.

내 마음속의 신을 움직이다(神進行)

중학교 시절

그렇게 초등학교를 입학하고 중학교에 들어가니 몸이 거구가 되어 있었다. 얼굴은 그 시절 뚱뚱한 아이의 얼굴 그대로였다. 항상 잔두통에 시달렸고 신경이 날카로웠다. 이 잔두통 증상은 고등학교 1학년 때 운동을 시작하기 전까지 계속되었고, 내가 공부에 집중할 수 없었던 이유도 잔두통 때문이 아니었나 생각한다.

중학교에 와서 잔두통을 달고 살며 뚱뚱했던 나는 중학교에서 잘 까불기로 소문난 김 씨 아이에게 놀림과 조롱을 받았다. 그 김 씨 아이는 물을 뿌리거나 때리며 지나가거나 내 몸을 만지며 괴롭혔다. 그 때의 괴롭힘은 누구에게도 이야기할 수 없었다. 초등학교 5학년 때의 집단 따돌림보다는 덜하기도 했고, 힘들었지만 나이를 먹으니 대수롭지 않게 생각했기 때문이다.

또 나를 괴롭혔던 아이가 있었는데 양씨 성의 아이였다. 같이 다니던 친구인 최 군과 함께 괴롭힘을 당했다. 돌멩이를 던지거나 뜨거운 물을 붓거나 하는 행동을 해서 항상 최 모 군과 선생님에게 이야기했다. 그런데 이야기를 했음에도 불구하고 대수롭지 않게 처리해 주셔서 한동안 양 씨 아이는 계속 까불었다.

체육 시간이었다. 체육 시간에 양 씨 아이가 최 모 군과 나에게 작은 돌멩이를 던졌는데, 나는 열받아서 주먹만 한 짱돌을 들어서 양 씨 아이에게 던졌다. 등에 맞을 줄 알았던 그 돌이 양 씨 아이의 머리에 적중했다. 머리에서 피가 났고 양 씨 아이는 머리를 잡고 앉아 있었다. 약간 듬직해 보이는 아이가 나와 양 씨 아이를 부르고 선생님께 알렸다. 양 씨 아이는 병원으로 갔고 나는 별말 없이 교실로 복귀했다. 교실로 복귀하고 점심시간이 지날 즈음에 양 씨 아이는 머리에 큰 거즈를 붙인 채로 학교에 복귀했다. 선생님은 대수롭지 않게 지나갔고 별일 아닌 것처럼 흘러갔다. 그렇다고 해서 괴롭힘이 줄어들지는 않았다. 오히려 더했다. 이렇게 초등학교와 중학교 때의 일들이 상처로 남기 시작했다.

그 누구도 그런 불행이 일어났을 때 책임지지 않았다. 그리고 아이들은 서슴없이 가해를 즐겼고 나는 힘없이 당할 뿐이었다.

생각나는 일로 쉬는 시간이나 어디를 갈 일이 있으면 바깥을 주로 걸어 다니고, 비 오는 날도 걷고 하여 아이들은 나를 '산책 맨'이라고 불렀다. 살이 찌고 후덕한 인상의 나는 같은 반 아이들에게는 재미있는 아이로 인식되었지만, 잘 대해 주는 것보다는 장난치는 부분이 많았다.

생각해 보니, 내가 우유를 가지러 갔다 왔을 때 문을 열고 교실에 들어가려 했는데 교실 안의 아이들이 전부 나를 쳐다보고 있었다. 내가 자리에 앉자마자 빵 터졌다. 빵 터진 이유는 내 의자 위에 스테이플러 심으로 꼬아 만든 날카로운 핀을 여러 개 놔두었었던 것 때문이었다. 아프지는 않았지만, 그게 무엇을 의미하는지 나는 알고 있었다. 그러나 티는 내지 않고 지나갔다.

2학년 겨울이었다. 추운 겨울날에 겉옷을 입까지 올리고 계단을 올라갈 때, 3학년 남학생 둘이 이유 없이 나를 불러 세우고는 옷을 위에까지 잠근 모습을 보고 한마디 했다. 그때 내 답변이 시원치 않았는지 열 받은 척하면서 나를 어디론가 데리고 갔다. 2학년 후배에게 데려가서 "교육 좀 해라." 하고 자리를 떴다. 그러나 그 2학년 동급생은 "저 형들 일진이야!"라는 이야기만 하고 별 이야기를 하지 않고 나를 보내 주었다.

그러한 짓궂은 사람들은 나를 항상 따라다녔고 괴롭힘은 나를 이중으로 힘들게 했다.

또 생각나는 것으론 중학교 조별 발표를 했던 때의 일이다. 그때 나에게는 누나가 준 천 원짜리 캐릭터 볼펜이 있었는데 내가 그것을 떨어뜨렸다. 떨어뜨린 그 볼펜을 조원이 주웠기에 쉬는 시간에 돌려받으려 했다. 그런데 내가 '누나가 준 소중한 볼펜'이라고 했는데도 돌려주지 않아서 나는 100원을 주고 그 볼펜을 돌려받아야만 했다.

그리고 중학교 2학년 시절에 고씨 성을 가진 아이가 나를 만만하게 보고 괴롭혔던 일이 있었는데, 하루는 청소 시간에 고 씨 아이가 동아리 후배를 불러 나를 공격하게 했다. 애들 장난처럼 공격을 주고받았다. 지루했는지 실제로 때려 보라고 이야기했고 그 어린 후배가 하지 않아서 그냥 끝난 일도 있었다. 고 씨 아이와는 기억에 남는 일이 하나 더 있다. 쉬는 시간에 다짜고짜 내 필통에 있는 연필들을 부러뜨리는 짓을 했다. 정성 들여 깎은 새 연필들을 하나씩 내가 보는 앞에서 부러뜨렸다. 지금 생각해 보니 왜 대응할 생각을 안 했는지, 그때를 생각하면 참으로 답답하다.

'왜 이런 불행은 나를 따라다닐까?'라는 생각을 하며 참고 버텼던 날들…. 계속되는 날들…. 그때는 미래가 어두워도 너무 어두웠다.

남중과 남고를 졸업했을 때는 상당한 비만이었다. 왜 노력을 하지 않았나 싶었는데 중학교 때는 운동의 필요성이나 흥미를 못 느꼈었던 것 같았다. 그리고 피로가 항상 따라다녔다. 그리고 나를 괴롭히는 같은 또래 아이들 덕분에 스트레스와 잔두통으로 무언가를 생각하기 어려웠던 것 같다.

중학교 시절의 에피소드가 또 있다. 초등학교부터 중학교까지 이유는 모르겠지만, 선생님이 1층에 있는 작은 상담실에 갔다 오라고 하셨다. 그런데 왜 상담실에 가는지는 몰랐다. 사실 특별한 이유는 없었다. 상담실에는 후덕해 보이는 어떤 선생님이 계셨는데 지금 생각해 보면 상담사였던 것으로 생각된다. 의무적으로 아마 영화 〈신과 함께〉의 등장인물처럼 관심병사 취급을 받았던 것 같다. 동작이 굼뜨긴 했었어도 그럭저럭 괜찮았었는데.

중학교 때도 몇 학년인지 기억나진 않지만, 집단 상담 프로그램에 참여한 기억이 있다. 나 외에도 몇 명의 아이가 더 있었는데 소위 불량하다고 취급을 받았던 아이들과 같이 집단 상담 프로그램에서 교육을 받았다. 솔직히 왜 받았는지 모르겠다. 효과가 있었던 것도 아니고 이미 그동안 당했던 따돌림들에 대한 치유도 아니었을뿐더러 그들의 가치관으로 아이들을 평가해서 그들의 방식으로 치료처럼 했던 일들에 대해서는 효과 없는 일을 벌여놓은 것이 아닌지 생각한다.

중학교 때도 보습 학원에 다녔었는데 한 군데의 학원만 다녔다. 성적은 오르지 않았고 늘 보통 반에서 수업을 받으며 공부했지만, 그렇게 흥미는 없었다.

중학교 2학년인가 3학년 때 미술 시간에 있었던 일이다. 사실 나는 그 당시에 미술과는 거리가 멀었다. 지금도 거리가 멀다. 미술 시간에 과제가 있었는데 환상적인 세계나 느낌 같은 것을 표현하는 과제였다. 그 느낌이 선뜻 떠오르지 않아서 나는 다른 아이들의 그림을 보았다.

다들 눈에 관련된 것들을 그리고 있었다. 그래서 눈이 좋겠다고 생각하여 컴퍼스로 원을 여러 개 그렸다. 그때는 그게 눈에 대한 것을 환상적으로 그리는 거라고 생각해서 그렇게 그렸다.

스케치 검사를 받았는데 미술 교사가 통과시켜 주지 않았다. 미술 시간이 끝나갈 때도 나는 완성하지 못했다. 미술 교사가 다 못한 아이들에게 일주일 동안 시간을 더 주었다.

생각나는 것이 없던 나는 집으로 돌아와서 누나에게 물었다. 그랬더니 누나가 자기가 가지고 있는 환상 미술에 대한 책을 빌려주었다. 그리고 책을 보고 스케치하여 과제를 완성했다.

그림을 제출하고 난 뒤에 얼마 지나지 않아 미술 교사가 나를 불렀다. 앞으로 나갔는데 미술 교사가 내 그림을 보고 물었다.

"네가 한 거니?" / "네."
"솔직하게 말해라." / "누나가 도와줬어요."
"다시 그려라."

미술 교사는 처음에는 내 실력을 믿을 수 없다는 표정을 지었지만, 도움을 받았다는 말에 '그럼 그렇지.' 하는 식의 표정을 지으며 다시 말했다. 미술 교사의 다시 그리라는 말에 나는 가지고 있는 색연필로 처음 것과 비슷하게 스케치하고 색칠하여 다시 냈다. 내가 처음에 제출한 그림은 돌려받지 못했다.

얼마 뒤에 중학교 학예회에서 미술 전시회가 있었다. 학교 학생들이 돌아가며 미술 전시회의 그림들을 구경하고 있었다.

그런데 나는 어떤 그림을 보고 놀랐다. 그것은 내가 미술 교사에게 제출한 그림이었다. 중요한 것은 같은 반의 다른 아이의 이름으로 그림이 전시되어 있었다는 점이다.

그 아이의 이름을 기억한다. 강씨 성을 가진 아이였다. 도대체 미술 교사는 무슨 생각으로 내 작품을 그 아이의 이름으로 미술 전시회에 냈을까?

아예 안 올리거나 이름을 쓰지 않았다면 이해할 수 있었겠지만, 그 때의 그 그림은 이해할 수 없었다. 이때의 나는 참으로 어렸고 아무도 지켜주지 못하는 존재였으며 힘없고 불행하다고 생각했다.

삶이 지치고 처지는 시기였다.

고등학교 시절, 상(上)

이 시기의 나는 상당한 비만이었다. 왜 노력을 하지 않았나 싶은데, 중학교 때는 운동의 필요성이나 흥미를 못 느꼈었던 것 같다. 그리고 나를 괴롭히는 같은 또래 아이들 덕분에 스트레스와 잔두통으로 무언가를 생각하기 어려웠던 것 같았다.

중학교를 졸업하고 나서는 성적이 좋지 않아서 담임 선생님 추천으로 ○○○○고등학교에 갔다. 사실 중학교 때 성적으로 바닥에 있다가 온 학생들의 모임이었지만, 그곳에도 순수한 애들이 있었다. 1학년 때 도서부에 입부했다. 입부 이유는 잘 생각나지 않지만 무언가를 하려고 들어간 것보다는 우연히 들어간 것이 크다. 다시 생각해 보니 도서부에 가입하자는 방송이 흘러나와서 입부를 결심하게 된 것 같았다.

도서부에 입부하여 책을 빌려주거나 대여해주는 일을 맡았다. 지금 생각해보면 사실 나는 고등학교 도서부 시절에 제일 많이 성장했다.

도서부에는 내 눈에 띄고 즐겨 읽던 책이 있었다. 바로 범우사에서 펴낸 『삼국지』였다. 그 시절은 삼국지 PC 게임이 유행하던 시절이었기에 『삼국지』를 읽었다. 10권이 되는 삼국지를 처음 읽었는데 재미있었다. 10권짜리 삼국지를 10번 읽었다. 읽은 이유는 다음과 같았다. "『삼국지』를 세 번 이상 읽지 않은 사람과는 세상을 논할 수 없다."라는 이야기 때문이었다. 고등학교 3년 동안 나는 『삼국지』 10권을 10번 읽었다. 읽는 방법은 남달랐다. 문장에 등장인물의 대사가 나오면 그 대사를 하는 인물을 게임에서 봤던 인물과 같이 상상하면서 읽었다. 너무 재미있었다. 책으로 된 『삼국지』가 내 머릿속에서 게임에서 봤던 모습으로 되살아난 것이었다.

고등학교 1학년 때도 괴롭힘이 있었다. 모든 원인을 뚱뚱한 체격에서 찾았다. 살을 빼기로 마음을 먹었다. 1학년 2학기 겨울방학에 운동을 시작했다.

고등학교 1학년 2학기가 끝나갈 무렵에 어떻게 하면 체중 감량에 좀더 효과적인지 생각해 보았다. 그때, 예전의 헬스클럽에 있었던 모래주머니가 생각났다. 모래주머니 2개를 이어 붙여서 그걸 허리에 차고 등산했다. 3kg짜리 두 개를 붙여서 허리에 찼다.

첫 시도는 굉장히 힘들었고 땀도 많이 났다. 모래주머니를 차고 등산하고 내려오니 체중이 약 1kg 정도 빠져 있었다. 그때 내 몸무게가 약 95kg이었을 것이다. 1kg씩 빠지니 너무 신났다. 운동을 시작하고 나서 처음 빠졌으니 얼마나 기뻤겠는가? 학교를 마치면 바로 집에서 등산복을 입고 모래주머니를 차고, 산 중턱까지 가는 마을버스를 타고 올라가 매일 산행했다. 운동을 안 하다가 시작해 보니 많이 빠진 것 같다. 겨울에도 꼭 등산을 게을리하지 않고 모래주머니를 차고 등산했다. 올라갈 때마다 영혼이 빠져나갈 것같이 힘든 순간도 있었지만, 그렇게 2개월 남짓 등산을 모래주머니를 차고 했더니 무려 10kg 남짓한 몸무게가 빠진 것이었다!
2학년 개학을 하고 반 배정을 받았을 때 나를 알던 친구들은 다들

내 마음속의 신을 움직이다(神進行)

놀랐다. 그때 내 몸무게는 82kg이었다. 몸이 가벼운 것을 느꼈다. 공중에 뜨는 느낌을 그제야 알았다. 조금만 더 모래주머니로 운동하면 더 빠질 것 같았다.

모래주머니로 운동도 하고 학교에서는 도서부 활동도 하면서 많이 발전했다. 『삼국지』 덕분에 독서 습관이 생겼기에 다른 책들도 많이 읽었다. 그리고 더 좋은 점은 잔두통과 스트레스가 점차 줄더니 없어져 버렸다는 점이다. 식욕도 줄어서 많이 먹지 않는 몸이 되었다. 새로운 인생이 되니 가족들이 더 기뻐했다. 샤프한 몸이 되어 옆태도 꽤나 괜찮아졌다. 운동을 꾸준히 하니 70kg대로도 진입하게 되었다. 열심히 운동했다. 운동으로 제2의 삶을 살게 되었다.

급속도로 체중이 빠지니 뭔가 걱정되어 어머니와 같이 한의원에 가서 진맥을 받았다. 처음에는 몸무게가 70kg 정도 나가니 비만이라는 경고를 받았다. 그렇지만 95kg에서 체중을 감량했다고 이야기했더니 체중을 너무 한순간에 많이 빼면 몸이 좋지 않을 것이고 유지에 힘을 쓰라고 이야기해 주셨다.

이 사례는 첫 감량 때다.
고등학교 2학년 때의 일이었다. 살을 20kg 이상 빼니 잦은 두통이나 괴롭히는 아이들이 없어지고, 좋은 일들 덕분에 등산의 매력에 빠지게 되었다. 등산이 몸에 익었고 등산만큼 기분 좋은 운동도 없었다.

산에 관한 에피소드가 있다.
어느 날이었다. 그날은 새벽 4시에 일어났다. 새벽 4시에 일어난 나는 그날도 등산하기로 마음을 먹었다. 손전등을 하나 들고 MP3를 착용하고 거리를 걸었다. 새벽의 거리는 어두웠고 신호등도 여유롭게 반짝였다. 반짝이는 신호등을 지나서 평소 걷는 거리와는 다른 거리를 걸으며 산 입구까지 전진했다. 방향은 돌샘이라는 약수터로 가는 길목이었다.

샘으로 가는 약수터 입구에서 손전등을 켜고 걸었다. 귀에서는 모차르트 피아노 교향곡이 흘러나오고 있었다. 귀에서 나오는 교향곡과 나무를 비추며 걷고 보았던 장면들이 눈에 신비롭게 다가와 야생의 숲이라는 느낌을 받았다. 손전등을 통해 나무를 볼 때면 나무는 손전등에 움직이며 황홀하게 자신을 보여 주었고 쉬어가는 바람을 따라 움직이며 인사하는 듯했다.

샘 약수터에 다다르고 탁 트인 전망 좋은 곳에서 마을의 야경을 보았다. 아름다운 야경을 보며 감탄했고 사진으로 찍었는데 꽤나 예쁘고 추상적인 이미지의 작품이 나왔다. 나는 그 사진을 핸드폰 배경 화면으로 들고 다녔다. 140만 화소의 기쁨이자 사치였다.

새벽 5시가 되었을 즈음에는 사람들이 보였다. 새벽에 보는 산악인은 모르는 사람이라도 서로 인사를 나누었다. "안녕하세요!" 주고받는 말은 인사였다. 새벽에만 할 수 있는 평범한 산악인 인사다. 새벽의 등산을 탐닉하며 그 후로도 몇 번이나 갔었다. 두 달에 한 번 정도 갔던 것으로 기억한다. 새벽 등산을 부모님이 좋아하지 않으신 이유도 있었다.

그때 담임 선생님께 새벽 등산에 관해서 이야기할 기회가 있었다.

내 마음속의 신을 움직이다(神進行)

새벽 등산 이야기를 해드리니 새벽의 산은 귀신이 끌어당길 수 있다고 이야기해 주셨다. 귀신에게 홀릴 수 있다는 이야기였다.

대학교에 와서는 새벽 등산을 지금까지 하지 못했는데 다시금 기회가 있다면 가 보고 싶다. 보석이 영롱하게 빛났던 새벽의 어느 날이 기억난다.

고등학교 2학년 때 어느 여름날이었다. 애들 사이에 이런 소문이 퍼졌다. "교장 선생님이 스카우트하신 선생님이 오신다."라는 소문이었다. 그 선생님이 누군지는 궁금하지 않았지만, 대단한 사람이 오리라는 것을 느꼈다.

도서실에 처음 보는 누군가가 찾아왔다. 소문의 선생님이셨다. 내 운명적인 담임 선생님이기도 하다. 도서실에서 책을 많게는 몇십 권까지 빌려 가시고 잘 반납하시지 않았기에 나는 관여하지 않았지만, 도서부원들이 별로 좋아하지는 않았다. 선생님의 처음 이미지는 서울 출신의 학구파 같은 느낌이었다.

한 번씩 말을 걸 때가 있으면 읽어 보았던 책 소개나 신작 코너의 재미있는 책들을 소개해 드리기도 했다. 그런 추천을 해주는 사람이 없는 것 같았기에 말을 같이 섞을 수 있었다. 그 덕인지는 모르겠지만 고등학교 3학년 때 그분이 내 담임 선생님을 맡아주셨다.

나는 중학교 때 워드프로세서 2급, 고등학교에 와서는 정보처리기능사와 인터넷정보검색사 2급에 합격했다. 컴퓨터 자격증을 당시의 학생

중에서는 많이 가진 편에 속했다. 즉, 컴퓨터를 잘 다루는 인재였다.

그리고 헤르만 헤세의 『환상동화집』을 읽고 단편 소설에 매력을 느꼈다. 그래서 언젠간 나도 책을 출판해야겠다고 생각했다. 『환상동화집』처럼 단편소설 모음집 같은 것을 내겠다고 다짐했다. 처음 그 생각을 하고 얼마 지나지 않아서 단편소설을 한 편 썼다. 처음 썼던 소설은 『신발 밑창의 비밀』이라는 소설이었다. 첫 소설이었다. 『신발 밑창의 비밀』은 흙에 생명을 주어서 흙을 번식시켜서 온난화 기후로 커진 바다를 메우는 일을 벌이다가 흙이 사람들의 신발 밑에 붙어서 떨어지지 않아서 생명력을 가진 흙이 지구를 지배한다는 내용의 소설이었다. 고등학교 2학년 때 썼다.

이 소설 말고도 고등학교 때 서양의 백조를 주제로 소설을 쓴 것이 있는데 그 소설은 대학교 교수도 인정한 유일하게 첨삭이 많이 되지 않은 소설이다. 『신발 밑창의 비밀』은 미래에 손을 많이 댔고, 『백조 이야기』는 거의 원문을 그대로 두고 뒷이야기만 새로 지었다.

『백조 이야기』가 어떤 소설인지 알리기 위해 이 책 뒤에 실어놓았다.

무엇이든 일을 하면 진행이 빠르게 되는지, 나는 10대를 마감하는 자서전을 준비했다. 무엇이 그리도 욕심이 많은지 자서전을 쓸 생각을 10대 때부터 했다. 그러나 지금에서야 쓰게 되었으니 그때부터 10년이 더 흘렀다. 다른 욕심도 있다면 영화 시나리오 집필도 욕심을 냈다는 점이다. 그래도 아직 영화 시나리오는 어려울 것 같다. 글을 쓰는 것도 어렵기에 나중에 진정한 달필이 된다면 써 보고 싶다.

내 마음속의 신을 움직이다(神進行)

어쨌든 고등학교 3학년 때 운명의 담임 선생님이 결정되었고, 나는 선생님의 말씀을 잘 듣는 학생이 되었다.

이쯤 해서 생각나는 어이없는 일을 하나 이야기하고 싶다. 그때 나는 등산을 통해 체중을 감량했다. 등산 탓에 하체가 튼튼하고 종아리가 단단했다. 고등학교 2학년 때 도서부에서 일어난 일이었다. 수학 선생님과 같은 학년 도서부원 두 명과 내가 있을 때의 일이다. 나는 신발 끈을 묶는 중이었다. 그때 나와 같은 반 아이가 들어왔다. 들어와서 "허벅지 두껍네?"라고 하길래 무시했다. 그 후로도 한동안 계속 놀려서 "그만 가라."라고 했더니, 얼굴빛이 좋지 않아지더니 주먹으로 내 얼굴을 때렸다. 맞았지만, 감정의 동요는 없었고 맞고 나서 주먹을 쥐고 "야. 싸우자."라고 이야기했다. 그런데 우리 옆에는 선생님이 책을 고르고 계셨기에 그걸 보고 그 아이는 "학교 끝나고 반에 남아라."라고 하며 교실로 돌아갔다. 맞은 눈은 약간 부었지만, 아프진 않았다. 그리고 얼마 지나지 않아 스트레스가 몰려왔고 최대 음향으로 음악을 맞춰놓고 자우림의 〈미안해 널 미워해〉를 들으며 스트레스를 다스렸다.

진정하고 교실로 돌아갔을 때는 그 아이는 집으로 간 상황이었다. 다음날부터는 나를 쳐다보지도 않고 무시했다. 내가 보인 행동만으로도 겁을 먹을 아이였다는 생각이 든다. 양아치도 한 번 세게 나가니 별것 아니었다는 것을 알게 된 사건이었다.

고등학교 시절, 중(中)

3학년 2학기인 2003년 여름이었다. 정보처리기능사 최종 합격을 확인하고 즐거운 마음에 마음이 들떠 있었다. 마음이 들떠 있어서 콧바람이 났고 웃었다. 나는 이 자격증 필기를 2001년도에 합격했지만, 실기에서 떨어졌다. 2년 안에 합격하지 못하면 필기 합격도 무효가 되기 때문에 연습을 거듭했다. 그렇게 어려운 자격증을 따고 집에 도착했을 때 혼자서 노래를 부르고 있었다. 아주 즐거운 노래를 불렀다. 여기까지는 아무 일도 없을 것 같았다.

"야, 조용히 해!"

윗집에서 쿵쿵하는 소리와 함께 큰소리가 같이 들렸다. 기뻤던 내 기분이 약간 떨어졌다. 그래서 천장을 밀대로 쳤던 기억이 있다. 그랬더니, "어쭈?" 그다음부터 발을 구르는 소리가 더 심해졌다. 그때부터 스트레스를 받기 시작했다. 스트레스를 받으니 너무 짜증이 났다. 그래서 원인이 윗집일 것 같다는 추측으로 아파트 인터폰으로 경비 아저씨에게 연락했다. "윗집에서 시끄럽게 하는 것 같습니다. 조용히 해 달라고 해 주십시오." 그 이야기가 전해졌는지 모르겠지만, 시끄러운 소리는 멈추지 않았다. 내 기억으로는 몇십 분 후에 셋째 누나가 화장실에 들어가면서 이야기했다. 시끄러운 그 소리가 어디서 나는지 나에게 물어본 것 같다. 그러나 이후에 다시 물었을 때는 이야기해 주지 않았다.

내 마음속의 신을 움직이다(神進行)

내가 스트레스를 받고 있을 때 윗집 이야기를 하니 "윗집에서 제자들하고 집들이하고 있었다."라고 이야기해 주었다. 그래서 집들이에 온 학생들 중 한 명이겠거니 생각했다. 그 일이 있고 난 뒤로는 계속 윗집이 신경 쓰였다. 한 번씩 던지듯이 욕을 하는 것 같았고 나는 그 말에 반응했다. 반응하고 화를 냈으며, 무엇보다도 보이지 않는 상대이고 누군지도 모르는 상대였기에 나는 더욱더 스트레스를 받았다.

그런데 이 스트레스는 내가 다녔던 학원에서도 나에게 영향을 주었다. 실업계 학생 대상인 학원에서 짓궂은 행동을 하는 애들의 이야기를 들으면 내 이야기를 하는 것 같았고 그때 강의하던 선생님도 나를 조롱하는 이야기를 하는 것처럼 생각했다.

점점 스트레스가 과해져서 나는 협박당하는 기분을 맛보았고 내가 차별받는 기분을 받았다. 점집에 전화해 보기도 했고, 나를 놀리는 것처럼 보이는 선생님께 화를 낸 적도 있었고, 나만 따로 놀고 따돌림을 당하는 것 같아서 학원 국어 선생님께 이 사태에 대해서 편지로 물어보기도 했다. 답장을 예의 있게 해 주셨지만, 나의 문제는 해결되지 않았다.

결국은 갑작스레 몸이 안 좋아져서 음식을 먹지 못하고 구토와 고열에 시달렸다. 그러면서도 스트레스를 항상 받았기에 컨디션이 최악이었다. 다른 약도 잘 듣지 않고 시달렸기에 그 당시에는 엄청나게 고생했다. 부모님께 나의 이런 행동에 대해 말씀드리니 처음에는 정신과에 가서 치료받는 것을 권유하셨다. 언젠가 ○○○○병원에서 몇 가지 테스트를 하고 스트레스 측정을 했다. 시간 순서대로 스트레스 이야기를 했는데, 학원에 다닐 때는 스트레스 지수가 아주 높아서 학원을 다니지 말라고 권하셨다. 학원은 끊고 몇 달 동안 치료를 잘 받으면 나아진다고 하셨다. 그렇지만 나아지지 않았다.

어머님이 작은외숙모에게 ○○구에 있는 ○○○신경정신과가 치료를 잘한다는 소식을 들어서 그곳에 갔다. 그곳에서 박 원장님을 만났다. 나는 다른 사람에게 했던 것처럼 최선을 다해서 어떤 증상이 있었는지 설명했다. 설명을 듣고 박 원장님은 치료를 약속해 주셨고 약을 주셨다. 약을 빼 먹으면 안 된다고 하셨다.

그래서 약을 타서 먹었는데, 내가 불편하고 컨디션이 좋지 않아지는 듯한 느낌들이 몰려왔다. 머리가 멍하고 음악을 들어도 흥이 나지 않았다. 말은 어눌해지고, 몸을 움직이고 동작을 취하기가 너무 힘들었다. 글도 예전 같은 달필이 나오지 않았다. 그래서 못 먹겠다며 하루는 먹지 않은 적이 있다. 그렇지만 스트레스와 윗집의 쿵쾅거림은 잦아들지 않았다. "약만 먹으면 치료받을 수 있어."라는 말을 믿고 약을 다시 먹기로 결정했다. 처음 약을 먹는 것이기에 때때로 한 번씩은 먹지 않았다.

그런데 그 후로는 먹지 않을 수 없었다. 정신적으로나 육체적으로 몸이 아주 아팠기 때문이다. 그래서 약을 꾸준히 먹기 시작했다. 먹는 약은 체중이 증가하는 부작용이 있어서, 3개월 즈음 먹었을 때는 70kg에서 90kg까지 단숨에 체중이 불었다. 고등학교 때 했던 등산의 고생은 그렇게 날아갔다.

내 마음속의 신을 움직이다(神進行)

멍한 상태에서 9월을 맞이했는데 고등학교 3학년 담임 선생님이 "국어 학력 경시대회 준비는 잘하고 있니?"라고 물으셨다. 2003년 6월에 교육청에서 학교로 공문을 보냈는데 국어 학력 경시대회에 관한 공문이었다. 이 대회에 내가 학교 대표로 나가는 건 어떤지 물어보신 것이다. 물론 나는 국어 학력 경시대회에 관해서 어떤 생각도 하고 있지 않았다. 그리고 신경정신과에서 치료를 받는 상태였기 때문에 준비는 꿈도 꾸지 않고 있었다.

잊어버렸다고 말씀드리고 다시 공문을 받았을 때 그 내용은 다음과 같았다. 다섯 권의 책을 읽고 두 가지 문제를 서술식으로 푸는 것이었다. 도서실에 가보니 해당하는 책이 딱 한 권 있었다. 바로 『난쟁이가 쏘아올린 작은 공』, 일명 『난쏘공』이었다. 나머지 책은 구할 방법이 없었고 게다가 대회가 거의 일주일 남짓 남은 상태였다. 그래서 『난쏘공』이라도 열심히 읽었다. 그렇지만 나는 신경정신과 치료로 얼이 빠져있으니 대회는 기대하지 않았다. 지나가는 그림자일 줄 알았다.

교육청에 가서 대회에 참가했다. 대회장에 가니 각기 다른 고교에서 온 학생들 100여 명이 빽빽하게 그 안에 있었다. 대회 지도 선생님이 "표준 실력 이상이면 거의 다 입상할 수 있다."라고 말씀해 주셨다. 그래도 나는 해당 사항이 없겠거니 했다. 지병으로 인하여 참가하는 데 의의만 두고 있었기 때문이다. 시험은 오픈북 시험이었다. 오픈북 시험이라 유리할 게 있나 싶었지만 『난쟁이가 쏘아올린 작은 공』이 1번 문제로 나왔고 2번 문제는 "『난쟁이가 쏘아올린 작은 공』을 『광야』라는 책에 현실 반영으로 빗대어 쓰시오."라는 문제였다. 그때 내가 쓴 답은 『난쟁이가 쏘아올린 작은 공』의 어휘 표현이 '가족들이 살던 보금

자리에 망치가 쳐 내려간 콘크리트 눈물이 떨어지고…'라는 스타일로 내용을 썼다. 그렇게 범상치 않게 쓰긴 했지만 되지 않으리라고 여기고 있었다.

"될 리가 없지…."

몇 주 지나니 담임 선생님께서 나를 불렀다.

"등외 학생들도 많았대. 축하한다."
"그럴 리가…."

바로 국어 학력 경시대회 상장이었다. 무려 교육감상이었다. 기대도 안 하고 간 데다가 머리가 멍한 상태에서 치렀고 제일 중요한 건 병 때문에 떨어질 거로 생각했는데 붙은 것이다. 기분은 좋았지만, 솔직히 이것도 삶의 이벤트인 줄 알았다. 지나가는 이벤트인 줄 알았다.

2003년 11월에는 수능 시험을 쳤다. 사실 학원에 있을 때 모의고사를 쳤던 기억을 더듬어 보면 최소 300점 대의 점수는 유지했다. 틈틈이 준비도 하진 않았지만, 열심히 쳤다. 열심히만 쳤다.

그러나 수능 점수는 반올림해야 200점도 못 되는 점수를 받아버렸다. 이 점수를 본 담임 선생님은 "수능을 왜 이렇게 못 쳤어?"라고 말씀하셨다. 못 칠 수밖에 없었던 데는 정신과에서 주는 약이 한몫했었다. 그래서 수시 2차에서는 D대 경영학과, K대 경영학과, S대 경영학과에 지원했다. 그때 컴퓨터 자격증을 가지고 있었기에 자격증으로

내 마음속의 신을 움직이다(神進行)

우대 점수를 받았고, 수능 등급 7등급 이상이면 지원 자격이 되었기에 이렇게 세 군데에 지원했다.

그렇지만 순순히 합격하진 못할 것 같았다.

수시 준비로 바쁜 도중에 담임 선생님이 나를 불러서 "저번에 교육감상 수상한 것으로 S대 국문과에 가보는 게 어떻겠니?"라고 하셨다. 그래서 선생님을 믿고 그렇게 하겠다고 했다. 인터넷으로 알아보니 접수 마감이 오늘까지였다. 담임 선생님이 해당 학교 입학 본부에 전화해서 날카롭게 질문하시고 제대로 지원할 수 있도록 길을 열어주셨다. S대는 가 본 적이 없었다. 그때는 폴더 폰 시대였고 당연히 지도 앱도 없었다.

S대 근처까지 가는 버스를 타고 언덕을 올라갔다. 언덕을 올라가니 학교가 보였다. 숨을 헐떡였지만 그래도 꾸준히 올라갔다. S대 입학 본부에 들어가 국문과 특기자로 지원한다는 이야기와 상장을 건넸다. 담당자는 접수해 주면서 학생이었던 내가 이상했는지 "이 학교에 지원한 동기가 뭐냐?"라고 물었다. "도서부에서 글을 쓰던 제 적성을 알아보신 선생님께서 추천해 주셔서 왔습니다."라고 이야기했다. 그렇게 이야기하니 접수해 주겠다고 하여 접수가 완료되었다.

"○○대학교 인문학과에 합격하셨습니다."

2003년 겨울에 나에게 날아온 문자다. 그 문자는 앞서 겪었던 일에 대해 나를 방어할 수 있었던 일종의 방어막이었던 것이다. ○○대학교에 합격하여 나는 뛸 듯이 기뻤다. 게다가 국어국문학과라니! 고등학교에서 도서부 생활을 하며 작가를 꿈꿔온 나에게는 더없이 좋은 기회였다. 첫째 누나는 국문과로 진로를 정했다는 내 말에 싱겁게 "취직은 할 수 있겠나?"라는 반응이었다. 제각각 다른 방식으로 친지들과 지인들의 축하가 있었다.

이런 아픈 과거를 가지고 나는 대학교에 들어갔다.

내 마음속의 신을 움직이다(神進行)

고등학교 시절, 하(下)-대학교 입학

2004년 2월에 ○○○○고등학교에서 3학년들의 졸업식을 했다. 고등학교 3학년 담임 선생님은 대학에 입학한 사람들에게 상을 주셨다. 나는 3년 정근상, 1년 개근상, 봉사상, 기능상을 받았다. 기능상은 뒤에 나오겠지만 정보처리기능사 자격증을 가진 3학년생들이 5명 정도 된다고 하셔서 추가로 기능상을 받을 수 있었다. 어떻게 보면 제일 감사해야 하는 부분이다. 꾸준하게 관심을 가져주시고 꾸준하게 지지해 주셨기에 나중에 성공하면 꼭 선생님께 자랑스러운 제자가 되어서 선생님 앞에 나타나리라고 결심했다.

앞에 이야기했던 대로 나는 사실 수능 점수나 성적이 중위권을 유지하는 평범한 인재였다. 모든 것은 나의 담임 선생님 덕이 아니었나 싶다. 그분이 아니었으면 대학교에 갈 수 없었다. '없었을 것이다.'가 아니라 '없었다!'이다.

○○대학교. 3월의 어느 날에 ○○대학교는 인문학과 신입생들을 어느 넓은 강의실에 모아놓았다. 국어국문과, 철학과, 사학과 학생들로 약 120명 정도였다. 기억이 흐릿하지만, 그때 학과의 대표인가 싶은 사람이 "4년에 12만 원입니다. 타 학과에 비해서 4년치곤 싼 금액입니다."라고 했던 이야기가 떠오른다. 인문학 학과 신입생들에게 대학교 학과비를 내라는 것이었다. 내야 하는 게 필수인 것 같아서 냈다. 나중에 국문학과 과실에 가서 이야기를 듣기로는 과비도 내야 한다고 했다. 학과비와

는 성격이 다른 것이, 학과비가 대분류라면 과비는 소분류인 셈이었다. 내지 않으면 사물함을 주지 않는다고 이야기했다. 원래 책을 들고 다니는 게 맛이라고 생각했지만, 처음이니 냈다. "내지 않으면…"이라는 이야기가 들어간 것부터가 내지 않아도 된다는 이야기로 들렸다.

시간표를 짤 때는 인문학과 신입생들이 모여서 컴퓨터실에 가서 순서대로 짰다. 내 순서가 되었을 때는 같은 순서의 신입생들과 컴퓨터실에 가서 짰다. 컴퓨터는 1대로 8명이 기다리고 있었다. 학과 사무실 선생님이 도와주셨다. 내가 짤 차례가 되었을 때는 운 좋게도 금요일을 공강(강의가 없음)으로 만들었다. 그저 좋았다.

의무 교육에 길들어 있었기에 강의가 무엇인지도 모르고, 수업과 학점도 생소했다. 사실 'Apple' 같은 A+는 쉽게 얻는 것인 줄 알았다. 그러나 적응되지 않는 2시간과 3시간짜리 수업과 중간고사를 위해 이동이나 시간 변경에 대해 듣지 못하여 시험을 못 쳐서 D 학점이나 F 학점을 받은 일들도 있었다. 나중에 마무리한 나의 성적표에는 B+가 제일 많았다. 아직은 이류라는 생각이 들었다.

예비대나 학과 행사들도 있었지만 참가하지 않았다. 개강 총회는 꾸준히 참가했지만, 그렇게 애착을 가지고 참가하지는 않았다.

그리고 나는 특기자로 입학했는데 1학년 때는 과가 철학과로 되어 있었다. 철학과 조교 선생님은 참으로 살가운 사람이었다. 그 시절의 조교 선생님은 꽤나 친근한 사람들이었고 요즘에는 느낄 수 없는 정을 많이 주시는 선생님들이었다.

내 마음속의 신을 움직이다(神進行)

20대 시절

(2004년~2010년)

대학교 이야기

왠지 내가 고등학교 때 쓴 소설을 널리 알리고 싶었다. 내가 글을 좀 쓴다는 것을 알리기 위해 교수님들에게 내 글을 시험 삼아 보여드리고 싶었다. 신입생, 새내기이고 욕심이 앞섰기에 그런 생각을 한 것 같았다. ○○대학교에는 어떤 교수님이 있었는데 한글 사전을 만든 이력을 가진 교수였다. 강의는 지루했지만, 다들 열심히 들었다. 실업계에서와는 완전 다른 모습이었다. 솔직하게 이야기하자면 나만 특기자였다. 지원했을 때는 경쟁률이 그렇게 세지 않아서 합격은 했다. 그러나 지금 보면 특기자 전형은 없어졌다.

K 교수님께 글을 보여드렸더니 구내식당에서 점심 식사 제안을 하셔서 같이 식사한 적이 있다. 여러 가지 이야기들을 하면서 글 잘 쓴다는 칭찬을 받고 싶었는데 "저…. 특기자 전형으로 여기 입학했어요."라고 했더니 "부끄럽지도 않냐?"라고 하셨다. 몇 번 보지도 않은 교수가 그렇게 이야기하니 마음이 상했다. 사실 그때는 맞는 말이 아닌가 싶었지만, 지금 생각해보니 아마 내 마음을 간파하신 게 아닌가 싶었다. 나중에는 성공해서 한 사람 몫을 하는 사람을 보여 주고 싶었는데 지금 보니 그것도 내 욕심이었다.

○○대학교에는 사범대가 있어서 교육학과들이 유명하다. 그래서 나는 교직 과목을 몇 번씩 수강하여 들었다. 그리고 타 학과 수업도 들었는데, 체육학과 수업도 들었다. 컴퓨터학과나 문헌정보학과 수업도

들었다. 자유 선택이나 교과 선택으로 들었다. 타과 수업을 수강한 데는 들을 수 있는 다양한 수업을 들어서 견문을 넓히려는 의도가 있었다. 그래서 타과 수업을 잘 수강했다.

체육학과에서는 배드민턴 수업을 들었다. 나는 어렸을 때부터 부모님과 구덕 수원지에서 배드민턴을 쳤었고 저녁이 걸터앉는 시간에는 어머니와 배드민턴을 쳤다. 그래서 이참에 제대로 배우자 싶어서 배드민턴을 쳤다. 그때 내 몸무게는 90kg 중후반이었기에 파트너와 운동하는 시간이 있으면 제대로 운동이 되지 않았다. 내가 덩치 좋고 무거워서 그런 것 같다. 체육학과 수업임에도 당당하게 B+를 받았다. 체육학과 학생들처럼 잘 치진 못했지만, 기본 이상은 치는 것 같았다.

교양 배드민턴 수업을 들었을 때는 체육학과 교수님과 1:1로 배드민턴을 친 적이 있는데 이기기가 쉽지 않았다. 이기기가 쉽지 않았다는 건 그래도 이겼다는 것이다. 1세트를 얻어서 이겼다. 씁쓸한 표정의 교수님이 감귤을 주셔서 맛있게 먹었다. 기말고사는 제대로 보지 못했고 체육학과 때보다 경쟁자들이 많아서 C+를 받았다. 그래도 체육학과 교수님을 상대로 1세트를 이긴 건 평생 기억에 남을 것 같다.

대학 생활 때는 선배를 챙기지 않았고 동기나 후배를 만나는 것을 등한시했다. 늘 혼자였다.

아웃소싱 아르바이트 이야기

대학교 생활을 하면서 아르바이트는 꼭 해 보고 싶은 일이었다. 그 래서 2006년도에 휴학하고 2006년 1월에 이마트 아웃소싱 아르바이 트로 이력서를 썼다. 얼마 지나니 전화로 면접을 보러 오라고 하여 면 접도 보았다. 생에 첫 면접! 합격하고 일을 받았는데 이마트 아웃소싱 으로 공병 아르바이트를 했다. 사회생활에서는 인사가 중요하다고 아 버지께서 귀띔해 주셔서 검품장의 직원에서부터 파트장의 직원들까지 인사를 시켜주셨다. 일에 관해 설명해 주셨는데 빈 병을 일정 장소에 가져오면 세어 보고 개수를 고객만족 센터에 알려주고 돈을 주고 공 병을 박스에 집어넣는 일이었다.

점심시간이 되어서 직원식당으로 급식을 먹으러 갔다. 항상 단백질 (고기)이 빠짐없이 나왔다. 게다가 자기가 덜어 먹는 시스템이라 이마 트 근무 때 힘이 들어서 밥을 아주 많이 먹었다. 처음 신어보는 구두 는 발이 굳어지게 했다. 공병 박스가 가득 차면 공병 부르는 사람을 불러서 수거해가곤 했다. 한 번씩 공병을 받으면 깨끗한 새 제품의 술 이 오는 경우가 있다. 근무 중에 나는 술을 마실 수 없으니 공병을 회 수하는 분에게 한 병씩 드리면 잘 먹겠다고 하시며 가신다.

3개월이 지나니 시급 인상이 있었다. 석 달에 한 번씩 300원씩 오른 다고 하셨다. 통장을 만들면서 돈을 조금 쉽게 쓰고 싶고, 어른티를 내고 싶은 마음에 신용 카드를 만들었다. 이 카드의 장점은 영화관 이

내 마음속의 신을 움직이다(神進行)

용 시 반값 혜택을 준다는 점이었다. 이 카드 덕분에 나는 지금도 신용카드를 쓰는 습관을 지니고 있다. 지금 이 원고를 쓰고 있는 나는 카드론까지 손대서 빚이 있다.

신용카드 에피소드를 하나 이야기하자면, 일이 끝나고 마트에서 저녁 찬거리나 집에서 간단하게 먹을 식품을 장을 볼 일이 있었다. 물건을 고르고 계산대에 갔더니 점원이 바코드로 물건을 찍고 계산을 도왔다. 자연스레 신용카드를 냈는데 "본인 카드 아닌 거 아니냐?" 하여서 내 카드라 했던 기억이 있다. 아마 어리게 보여서 신용카드에 대해서 질문하신 것 같다. 그런 일들이 가끔 있었다.

몇 주가 지났을 때, 파트장이 불러서 이야기하길 "아웃소싱 팀장에게 인사 이동하라고 했다."라고 하셨다. "아무래도 보니까 차도 많이 다니고 발도 다칠 것 같고 하니 그쪽에 공백도 생기니까 옮기라고 했다."라고 하셨다. 그래서 공병 일에서 카센터 액세서리 파는 곳으로 이동했다. 팀장이 거기는 편할 것이라고 이야기해 주었다. 가보니 공구와 카센터 액세서리를 같은 창고에 두고 있었다. 그리고 문화 PM을 만나게 되었는데 좋아 보이는 사람이었지만, 끝까지 함께하지는 못했다.

2006년 6월에 퇴사하고 그 후로는 내 갈 길을 갔다. 휴학을 풀고 다시 재입학했다. 그러나 왠지 몸이 무겁고 강의를 듣는 것이 힘들어서 수업 일수 3분의 1이 지나기 전에 다시 휴학했다. 힘이 들었고 무언가를 하기에는 컨디션이 좋지 않았다. 대학교 생활을 쉬는 동안에 꾸준한 약물치료를 성실히 받았어야 했는데 유지하지 못하고 빼먹는 경우가 많았다. 그렇게 빼먹는 동안에 점점 유지 치료가 흐트러지는 생활이 계속되었다.

대학교 생활 중반

2007년으로 넘어왔다. 1학기를 다시 재등록하고 학교에 다녔다. 학교에서 뚜렷한 문제는 없었다. 잘 지내고 있었다. 2007년 5월이 되자 문제가 생겨서 의사를 찾아가 약을 조절했다. 그 문제는 투병하기에는 약이 살도 많이 찌고 공부하기 위한 집중력과 사고력을 제한했기 때문이다. ○○○신경정신과의 박 원장님에게 "지금 처방하는 약은 살이 찌는 부작용이 있다."라고 이야기했다. 약으로 인해 체중이 불어버렸고 계속 부작용이 있을 것이기에 나는 살이 잘 찌지 않도록 약물 조절을 부탁했다. 흔쾌히 수락하셔서 약물을 조절했다.

편안한 약으로 유지 치료를 받고 싶다고 이야기했을 때 박 원장님은 "주 치료제를 교체했다."라고 하시고 지금에 치료받는 약은 쾌적한 정신으로 치료하는 치료제라고 하셨다. 그 치료제를 먹으니 특히 글을 쓰는 데 많은 도움이 되었다. 그러나 가벼운 치료제로 처방을 받아 치료했던 몇 달 동안 점점 병 증상이 다시 두각을 나타내었다.

주 치료제를 바꾸는 조절을 했다. 바꾼 약은 사고력 제한을 거의 하지 않는 동시에 기분도 최적으로 만들어 주는 약이었다. 게다가 살도 찌지 않았다. 2007년 5월경에 그 약으로 바꾼 이후로 기분이 굉장히 좋아졌다. 몸도 가뿐해지고 살도 찌지 않았다. 그러나 약값이 기존 약값의 두 배 이상이었다. 그래도 나는 학업을 포기하기 싫어서 계속 진행하고 있었다.

내 마음속의 신을 움직이다(神進行)

좀 지내다 보니 컨디션도 좋고 왠지 이 나른한 생활을 청산하자는 의욕과 욕구가 솟아났다. 그리하여 2007년 5월에 소설 한 편을 썼다. 약 한 달을 투자하여 포털 사이트에서 카페를 운영하면서 얻은 경험들로 중편 소설을 완성했다. 그런데 문학에 대한 가속도가 붙어서일까? 무언가를 더 만들고 싶었다. 중편 소설을 쓰면서 이제까지 써 왔던 단편 소설을 한곳에 모아 또 작업했다. 그게 단편 동화집을 1권 완성했다. 참고로 중편 소설과 동화집은 글을 쓰고 제작, 완성에 이르기까지 3달 만에 완성했다. 나의 글 실력과 기분이 너무나도 최적의 상태였기 때문에 일의 진행이 빨랐다. 게다가 다음에 쓸 동화집에 대한 5권까지의 콘셉트를 다 정해 놓았다. 그 쾌적한 생활에서 나는 글을 썼다. 이 책을 쓸 때 꿈에서 계시처럼 『상상동화집』이라는 문구의 책을 보았고 그 꿈을 꾸고 난 뒤에 책을 쓸 준비를 했다. 얼마 되지 않는 준비 기간을 거쳐서 옴니버스식 소설을 모아서 『상상동화집』을 복사 가게에서 책으로 만들게 된다. 3개월도 안 되는 기간 동안 책을 한 권 만든 것이다.

활발하게 활동하고 난 뒤에 영화를 한 편 보았다. 그때 본 영화는 〈화려한 휴가〉였다. 그 영화를 본 뒤로 왠지 그 시절의 정부에 대한 분노가 치밀어 올랐다. 그리하여 집으로 와서 아주 잔인하고 섬뜩하며 독자들도 공포에 떨 만한 시를 지었다. 그 시는 매우 잔인했으며 세상에서 내가 지을 수 있는 최고의 잔인함을 그 시에 실었다.

기분은 계속 최적의 상태였고 두뇌 회전이 빨랐다. 모든 게 내 세상이 될 것 같은 생각이 들었다. 그렇게 일상을 보내다 나는 해운대에서 또 한 편의 영화를 보았다.

그런데 문제는 영화관에 들어가자마자 〈화려한 휴가〉에 대한 홍보를 틀어주는 게 아니겠는가? 나는 영화관을 잘못 찾은 줄 알았다. 그래서 슬그머니 빠져나왔는데 왠지 그때 문제가 생긴 듯했다.

20대에 겪은 병적 증상

내가 살인적인 시를 적은 것이 마음에 걸렸다. 그때부터 초조해졌다.

〈화려한 휴가〉의 장면이 떠오르고 왠지 모를 공포감에 휩싸였다. 내가 지은 잔인한 시 때문에 2007년 7월 내내 두려움에 떨었다. 두려움에 떨다 보니 마침 아침 뉴스에서 〈화려한 휴가〉를 일해공원에서 틀어 주겠다는 소식을 접했다. 편집증과 환청에 대해 시달리고 있을 때 환청이 다음과 같이 말했다.

"네가 지은 책들과 게시 글을 모조리 지워라."

그 말을 듣고 압박감으로 나는 만들어 놓았던 책을 모조리 찢어버리고 살인적인 게시 글을 지웠다. 그래도 마음이 안정되지 않았다. 이 모든 전말이 내가 부작용이 적은 약으로 바꾸었기에 일어났던 것이었다. 그렇지만 예전의 우둔한 생활로는 돌아가고 싶지 않아 가족과 의사에게 내 병을 숨기며 다녔다.

2007년 8월이 되자 병은 급속도로 심해졌고 내 마음은 환청과 불안하고 위험한 대화를 시작했다. 마음속의 대화를 하니 고독은 느끼지 않았지만, 두통이 굉장히 심했다. 정신이 혼미했고 그 혼미한 정신에서 환청을 경험하게 된다. 별의별 환청이 다 있었다.

환청을 들을 때면 나쁜 귀신들이 나를 괴롭힌다고 생각하여 지냈고 그 당시에는 항상 그들이 나를 지켜보고 있다고 생각했다. 항상 집에서 목욕할 때면 불을 꺼 놓고 목욕했다. 환청은 나에게 항상 "악마에게 영혼을 팔아라."라고 이야기했다. 그럴 때면 악마에게 영혼을 팔지 않겠다고 이야기했다. 무턱대고 들리는 소리가 악마에게 영혼을 팔라고 하니 괴로웠다.

이 방안을 이겨내려는 방법으로 성당에 기도하러 갔었고 예전에 자주 갔던 절에 가서 절도 했다. 매일 108배를 했고 매일 성당 미사에 틈틈이 참가했다. 그렇지만 나아지지 않았다.

그때 상황에 대한 게시 글이 있어서 올려본다.

[070720-진행 씨] 일주일에 세 번은 안 좋은 일이 벌어진다

왜 그럴까? 운명의 신은 왜 나에게 이런 시련을 줄까?
시련을 왜 주지? 나는 평범하게 살고 싶어.
일주일에 세 번은 안 좋은 일이 생기는 바람에 내가 더욱 강해지고
견고해진 것은 사실이다.
그러나 나는 이런 것들이 싫다.
지금은 너무 바쁘게 사는 것 같다.
하루에 세 번 이상은 확실하게 일 처리를 한다.
왜 그렇지? 나는 지금 사는 게 사는 것 같지 않다.

나만의 시간이 없단 말이다. 나만의 시간….
리스페리돈을 먹었을 때는 참 그때의 시간이 꿈결 같았는데….

내 마음속의 신을 움직이다(神進行)

지금은 너무 힘들고 시간을 보내기가 참 힘들다.

일주일에 세 번 안 좋은 일이 생기는 바람에 나는 일주일에 세 번
이상은 운다.
왜 나를 울려. 왜…. 울고 난 뒤의 내 눈동자를 보면 그렇게 순수해
보일 수 없다.

신은 나를 죽이려고 하는가?
그렇다면 거부하고 싶다.

난 살고 싶다!
내 프라이드를 가지고 장난치지 말란 말이다!

　제일 많이 접했던 환청은 신이 나에게 와서 "신도들이 서울에서 기
다리고 있다. 너의 힘이 필요하다."라고 하는 환청이었다. 그런 이야기
를 듣고 서울로 가게 된다. 무려 네 번씩이나 가게 되었다. 그때는 내
가 장애인이 아니었기에 제값을 주고 서울로 가는 KTX를 타게 된다.
갈 수 있었던 이유는 마트 아웃소싱으로 일했을 때 만든 신용카드로
서울로 가는 열차를 손쉽게 구했기 때문이다.

　처음 서울에 갔을 때는 무슨 영웅이 된 것처럼 환청은 독립문, 동대
문, 남대문 등의 여러 문에 가서 정화 의식을 해야 한다고 이야기했다.
내 손에 전해져 오는 찌릿한 감각은 문에 손을 대 보면 정화하는 것 같
은 느낌을 주어서 그렇게 정화했다. 깨끗한 느낌이 왔을 때, 정화가 완료
되었다고 이야기하는 소리가 들려서 정화했다고 믿고 그 장소를 떴다.

두 번째로 서울에 갔을 때는 선풍기에 통과하여 들리는 TV 소리 환청에 홀렸다. "명동 성당에서 신자들이 기다리고 있다."라는 선풍기의 헛소리가 들렸다. 바로 명동 성당에서 나를 부른다고 또 환청이 나를 조종했던 것이다. 명동 성당으로 내일 아침 9시까지 오라고 했다. 그리하여 나는 돈이 없는 그 시절에 신용카드로 철도 예매를 해서 명동 성당에 아침 9시까지 갔다. 명동 성당에 아침 일찍 도착했는데 아무도 맞이하러 오지 않았다. 그래서 정신이 나간 상태에서 주차 관리하는 경비원에게 "신도들의 부름으로 왔다."라며 말했는데 "그런 행사는 하지 않는다."라는 답변을 들었다. 그 이야기를 듣고 나는 성당을 나와서 점심을 먹고 KTX를 타고 집으로 돌아왔다.

2007년 8월 15일 광복절이 되자 나는 내 환청과 대화를 하는 지경까지 이르렀다. 대화를 나누었다. 그게 허상인지도 모르고 말이다. 별별 사람이 다 찾아오는 듯했다. 광복절을 맞이하여 찾아온 환청은 참으로 많았다. 대화가 끝나면 또 오고, 끝나면 또 오니 할 일이 참 많았다. 그리고 〈화려한 휴가〉라는 영화를 보자마자 나는 큰 두통을 앓았다. 불안했으며 세상의 모든 것이 나에게 등을 돌리며 그렇게 나를 죽여 갔다. 사실 2007년 6월부터 2007년 9월까지 나는 고단할 정도의 두통에 시달렸다. 우울함은 최고치였으며 아무 이유 없이 감정이 복받쳐 울기도 많이 울었다.

2007년 9월에는 서울에 올라가 상담을 받기로 했다. 이 증세가 정말로 빙의인지 궁금했기 때문이다. 그리하여 부모님께 아무것도 말씀 드리지 않고 누나들을 만나서 내 사연을 이야기했다. 어느 오믈렛 집에서 식사하면서 이야기했는데 누나들은 믿지 않고 계속 추궁만 했

내 마음속의 신을 움직이다(神進行)

다. 내 말을 믿어주지 않자 나는 결국 식당 안에서 울음을 터트렸다. 나지막한 목소리로 우는, 어느 상처에 찌들고 두통 속에서 헤매는 힘 없는 청년은 결국 나약하게 삶을 구걸하는 것처럼 구슬프게 울었다. 그랬더니 첫째 누나가 내 말을 들어주었다. 첫째 누나는 눈이 충혈될 정도로 심하게 나를 걱정하며 보았다. 내가 슬프게 울었던 탓인지는 모르겠지만, 식욕이 떨어졌다. 그리고 구토를 하고 싶은 듯한 느낌을 받았다.

주문한 음식을 끝내 남기고 누나들과 이런저런 이야기를 했다. 너무 울어서인지 내 사지는 떨렸고 눈은 안식을 빼앗긴 듯한 모습으로 그 흔한 공기에도 자비를 구했다. 누나와 같이 지하철을 탔는데 나는 굉장히 불안했다. 머리도 굉장히 아팠으며 손은 불안하게 떨고 있었다. 그때 누나와 대화가 되지 않았다.

겁이 났다. 이대로 세상이 끝날 것 같았다. 신도, 인간도, 자연도, 만물도 내 편이 아닌 듯싶었다. 계속 차가워지는 몸은 주검과도 같이 냉혹했으며 곧 죽을 것만 같은 표정을 지었고 눈에서는 눈물만 났다.

그때 첫째 누나가 내 한 손을 두 손으로 포개어 감싸주었다. 그랬더니 신기하게도 마음이 안정되는 것 아닌가? 그 시점에서 깨달았다. 신앙의 믿음이 있는 사람의 손은 구원을 주리라고 말이다. 표정이 어둡고 울기만 하던 나는 마음의 평온을 되찾았고 누나에게 지금 있었던 일들을 소상히 말했다. 누나는 이해해 주었고 그렇게 진전이 있는 듯 보였다.

다음 날 명동 성당의 신부님을 만났는데 그분은 요셉 신부님이었다. 첫째 누나가 소개해 준 그 요셉 신부님과 같이 식사하며 식당에서 여러 가지 이야기를 했다. 그런데 갑자기 그날따라 날씨가 흐리고 비가 오는 것이 아닌가? 비가 주룩주룩 내리는 날에 차를 타고 신부님들이 기거하는 곳에 가서 신부님과 상담했다.

신부님과 세상사에 대해 논하고 세계사에 대해 논하고 지금 생각에는 그때 금기된 사실 몇 가지를 이야기한 듯하다. 신부님은 내 말을 수용하시고 나를 보냈다.

신부님을 만난 그날 바로 부산으로 내려가기 위해 서울역을 찾았는데 시간이 많이 남았다.

부산으로 내려가는 길이었다. 그때 환청이 들렸는데 "내가 부처다."라는 환청이 내려왔다. 그리고 내가 부처의 제자라는 이야기도 들렸고 졸지에 환청이 이끄는 대로 수행이라는 명목하에 여러 가지 일들을 하게 된다. 수행은 서울역 역사를 돌아다니며 환청이 시키는 대로 했던 것이다. 환청은 여러 군데를 돌아다니도록 명령했다.

"너는 전생에 부처님의 제자였다."

그 부처라는 환청은 참 신기하게도 자신의 말을 듣지 않으면 엄청난 두통을 주었다. 그래서 나는 반강제적으로 그 부처라는 환청을 믿었다. 부처라는 환청은 별의별 것을 다 시켰다. 성호를 긋게 하고, 돌아다니면서 사람들이 어떤 행동을 하는가를 풀이해 보라고 했다.

내 마음속의 신을 움직이다(神進行)

그리고 상상도 못 할 일을 시켰는데 부처라는 환청은 그런 것들을 반복하다가 서울역 2층의 푸드코트에 가도록 했다. 푸드코트에는 정수기가 있었는데 뜨거운 물을 받으라고 명령했다. 뜨거운 물을 받았는데 다시 명령하길 "뜨거운 물을 손등에 부어라!"라고 명령했다. 뜨거운 물은 90도 이상 되는 뜨거운 물이었는데 못 하겠다고 하니 "어서 부어라!" 하여 뜨거운 물을 손등 위에 부었다. 굉장한 고열의 물이 손을 뜨겁게 지졌다. 그러나 나는 환청을 믿었기 때문에 손등에 뜨거운 물을 부었다. 굉장히 뜨거웠다. 그 정수기의 물은 99도를 기록하고 있었다. 손에다 부으니 손이 빨개지며 화상을 입은 듯한 형상이 나타났다. 그걸로 만족하지 못한 환청은 내게 다시 말했다.

"정성이 없다! 다시 부어라!"

나는 울먹이며 붓기를 거부했다. 그러나 환청은 너무나도 강경했다. 그래서 뜨거운 물을 다시 한번 그 손에 부었다.

아까보다는 덜 아팠지만, 그래도 피가 날 정도의 멍이 손에 생겼다. 내 행동을 유심히 지켜본 이가 있었는데 서울역 역사에서 근무하는 사람 같았다. 그분이 내 상황을 보더니 괜찮냐고 물었다. 그때 나는 "제 손에 독이 들어가서 뜨거운 물로 소독했다."라고 말하며 안심시켰다. 그랬더니 걱정하더니 자기 일터로 돌아갔다. 사실 그 말을 한 이유는 내 마음속에 부처가 있다는 사실을 말하면 안 될 것 같다는 생각 때문이었다. 환청이 그렇게 말한 이유를 묻자 나는 부처님을 지키고자 그런 거짓말을 했다고 했다.

다음에는 화장실로 가서 볼일을 보고 있는 남자들에게 축복의 말로 행복을 빌어 주라고 시켜서 그대로 행했다. 점점 시간은 저녁에서 밤 9시를 넘어가고 있었다. 빨리 집으로 돌아가라고 했기에 나는 곧장 집으로 갔다. KTX를 타고 집으로 가는데 뜨거운 물을 부은 손등이 빨갛게 부어올랐다. 부산 집으로 가서 오늘 부처를 만난 이야기를 글로 썼다. 매일 쓸 것이라고 다짐하고 매일 썼다.

그러나 마음은 괴로웠고 아팠다. 그리고 내면에 귀신이 있는 것 같은 기분이 들어서 항상 손에는 염주와 묵주, 목에는 커다란 묵주를 둘렀고, 자기 전에는 항상 『반야심경』과 〈엘펜리트 오프닝 곡〉을 항상 무한 반복하여 틀고 잤다. 그러면 약간 안심이 되면서 마음이 진정되는 것 같았다. 그러나 내 마음이 진정되는 것보다는 귀신이 붙지 않기 위해 막는 역할을 하는 것 같았다.

이런 일에 귀신이 관련된 것 같아서 인터넷으로 검색하여 퇴마사를 찾았다. 왠지 빙의가 의심되어 8월에는 사찰에 가서 빙의 테스트를 받았다. 물론 가족들은 몰랐다.

서울에서 떨어진 어느 산중에 있는 퇴마사에게 연락하여 약속을 잡았다. 포천으로 갔는데 어떤 여 스님이 와서 나를 차로 인도했다. 차를 타고 가니 산속에 있는 가정집에서 빙의 테스트를 받았다. 세 번째로 서울을 갔고 시외버스를 타고 퇴마사가 있는 산중의 가정집으로 된 절에 가게 된다. 처음에 나는 부처의 형상을 보고 두려워했다. 이유는 모르겠지만, 내적으로 느끼는 감정 때문에 그렇다고도 생각할 수 있다. 불상들이 많이 있었는데 왠지 모르게 불상들을 보자 정신이 불안해졌다. 그걸 이야기했더니 스님이 "기 싸움이 시작되었다."라고 이야기하셨다. 퇴마사 스님과 만나서 지금 증상에 관해서 이야기했다. 증상에 관해서 이야기하니 귀신이 있는지 확인해 본다고 하셨다.

  퇴마사 스님을 만나고 여러 이야기를 했는데 왠지 미심쩍었지만 지푸라기라도 잡고 싶었다. 빙의 테스트로 불전함에 10만 원을 기부하고 빙의 테스트를 받았다. 징을 치고 도사 같이 생긴 사람이 빙의인지, 아닌지를 테스트했다. 불상에 절을 했다. 그리고 퇴마사 스님이 방석을 가져오더니 누우라고 하셨다. 나는 누웠고 퇴마사와 손가락 마디를 서로 연결했다. 연결하니 손에서 따뜻하고 강한 느낌의 '기운' 같은 느낌이 손을 관통했다. 손을 관통한 그 느낌은 온몸으로 파고들었다. 그리고 불교 음악을 틀어주셨는데 그 음악은 퇴마에 어울릴 만한 음악이었다. 음악을 듣는 동안 나는 손을 하늘 위로 10여 분 동안 향했다가 손을 내렸다. 퇴마사 스님은 '기'를 주시고 난 뒤에 자리를 뜨셨다.

  의식이 끝나자 퇴마사 스님은 "귀신이 있는데 내가 혼냈어."라고 이야기하시고 천도재를 지내서 확실하게 쫓아내야 한다고 하셨다. 비용으로는 300만 원을 요구하셨다. 그렇게 큰돈은 없었지만, 퇴마할 것처럼 이야기하고 자리를 나왔다. 퇴마사 스님을 모시는 스님이 정류장에 데려다주면서 "돈이 없으면 무료로도 해 주신다."라고 이야기하셨다. 차를 타고 여 스님과 대화를 나눴는데 여 스님이 말하길, "우리 스님은 마음이 넓으셔서 돈 없는 학생은 무료로 해 주신다."라고 다시 말씀하셨다. 정신 나간 것처럼, 귀신의 장난처럼 이런 일들이 지나가고 있었다. 그러나 곧 이 일들을 한 번에 들키는 사건이 일어난다.

  빙의라는 말에 나는 염주란 염주는 다 차고 다녔다. 그때 내 손에 찼던 염주의 수만 해도 8개 정도 되었다. 왼손에 4개와 오른손에 4개였다. 그리고 또 하나의 염주는 천주교 성당에서 세례를 받은 묵주였다.

○○○신경정신과에 갔다. 박 원장님과 면담하는 도중에 손 이야기를 했다. 내가 앞에 있었던 일들을 사실대로 이야기하자 박 원장님은 "왜 이야기를 하지 않았느냐?"라고 물었다. 환청을 신뢰하고 있었다는 이야기와 그간 이야기할 겨를이 없었다고 이야기했다. 박 원장님은 약을 바꾸고 올려야겠다고 이야기하셨고, 약 농도를 올렸다. 약 농도는 기존에는 리스페리돈 2mg이었지만 4mg으로 올리셨는데 심하게 올리지는 않았다고 이야기하셨다.

약을 먹었는데도 환청이 끊이질 않았다. 잠에서 일어나면 새벽부터 환청이 만담하고 있었다. 나는 그 원인이 사람일 것으로 생각했는데 지금 생각해 보면 그런 것도 아니었다. 계속 이야기가 들렸다. 이 일은 어떤 일로 인해서 부모님께 드러나게 된다. 신용카드 청구서가 날아온 것이다. 부모님은 청구서를 보시고 놀라셨다. 약 70만 원의 신용카드 금액이 날아왔다. 어떻게 이렇게 비용을 쓸 수 있는지 물어보셨다. 그때 내가 체험했던 일들을 말씀드렸고 부모님은 나를 꾸중하시고 70만 원을 변제해 주셨다.

환청이 많아졌고 많아진 환청 덕분에 약을 장기간 복용하니 부작용이 간간히 있었다. 부작용 때문에 약을 끊고 치료할 수 있는 방법에 대해 무척 많이 알아보았다. 아버지께서 대전에 있는 퇴마하는 절을 찾았다고 하셨다. 대전으로 가기 전에는 약물에 억압되어 있는 모습을 보여주지 않고 있는 그대로 판단을 받고 싶어서 약도 먹지 않았다.

내 마음속의 신을 움직이다(神進行)

그 일이 있었던 직후 2007년 10월에 천도재를 받아야겠다는 결론을 내렸다.

의문

지금 생각해보면 퇴마 테스트를 받았던 법당의 부처상을 보자 나는 극도로 예민하게 쳐다보게 되었고 머리가 아팠다. 그리고 퇴마 스님이 손으로 따뜻한 기운을 불어넣고 그 기운이 몸속에 퍼졌는데, 그 기운이 무엇인지 궁금하다. 그것은 내가 생각하는 '기'인가, 아니면 '영'인가? 내 몸에 무엇을 넣었는지 지금에서야 의문이 드는 이유는, 사실 내 의지로 나오지 않는 무의식에서 나오는 말들은 일반 사람들이 할 수 없는 말투로 나오기 때문이다. 어째서 무의식의 말투는 앞날을 예언하고 무엇을 하라고 이야기하는지, 그것이 의문이다. 사실 나로서는 이러한 것들은 병원이나 퇴마 스님에 의해서 만들어졌다고 결론짓고 싶다. 설명이 되지 않는 일들이 일어나서 당사자인 나는 아무렇지 않지만, 그래도 왠지 휘둘리는 것 같은 기분이 든다. 이 부분에 대해서는 아는 바가 없어서 그대로 놔두고 있긴 하지만, 차후 이 부분에 대해서 명확히 밝혀야 할 것 같다. 내가 헛말을 하는 이 존재는 '귀신인가?' 아니면 '신인가?' 아니면 '조현병의 증상 중 하나인가?' 하는 것을 말이다.

어려움과 고난

사실 나는 8월에 대학교 2학기 시간표를 다 짜놓은 상태였다. 학교에 다니던 때였는데 모험이었다. 그래서 2007년 10월에 부모님의 동의 하에 거금 150만 원을 내고 대전에 있는 이름 모를 사찰에서 천도재를 받았다. 약을 아예 먹지 않았다. 절은 대전에 있었고 열차를 타고 대전으로 갔다. 처음 보는 모퉁이를 돌아 돌아 가 보니 평범한 빌딩 2층에 법당이 있었다. 거기서 부산에서 왔다고 하니 스님이 맞이해 주셨다. 스님이 맞이해 주신 법당 안에는 불상이 빽빽하게 있었고, 탱화가 몇 점 있었으며, 초를 피워서 일반적인 절과 같았다.

스님은 퇴마를 어떻게 하는지 설명해 주셨다. 그때까지만 해도 잘 풀릴 것 같았다. 퇴마는 간단했다. 스님과 방에 들어가면 스님이 등을 탁탁 쳐주셨다. 그리고 스님에게 "감사합니다."라고 말하면 끝났다. 사실 별로 한 것은 없었다. 불경을 외운 것도 아니고 등만 몇 번 탁탁 두들긴 것뿐이었다. 그리고 제사 때 쓰는 제기에 음식들을 올려놓고 주스를 사 오게 시켰다. 퇴마 의식이라는 것도 별일은 없었고 거기서 끝났다. 천도재를 받은 날은 2007년 10월 30일이었는데 나는 천도재를 생일 선물로 생각하고 기쁜 마음과 함께 모든 게 해결되었다는 마음을 가지고 잠을 청했다.

150만 원이 들었다.
나는 다 나을 줄 알았다. 진짜 다 나은 줄 알았다.

그렇지만 그다음 날부터 급성 위염과 함께 정신분열증의 병세가 더 악화되었다. 천도재 다음날인 2007년 10월 31일에 구토와 함께 현기증과 두통이 나고야 말았던 것이다. 2007년 10월 29일 천도재를 받고 30일에 증상이 발병했으며 31일에는 몸의 떨림을 느꼈다. 10월 31일은 내 생일이다. 나는 아무도 내 병고를 대신해 주지 못하는 내 생일을 홀로 투병하며 보냈다. 내 생일인데 다시 한번 눈물이 나더라.

부모님께 감사해야 하는 이날. 축복의 날에 동공이 올라가고 죽음을 바라보며 연명하는 삶이라? 매우 고통스럽고 죽고 싶은 2007년의 생일을 그렇게 보냈다.

항상 찌는 듯한 두통이 엄습했고 음식을 먹지 않아도 구토를 일으키는 일이 생겼다. 그래서 다시 약을 먹었는데 약을 먹어도 증상이 나아지지 않아서 다시 가서 박 원장님께 약을 바꿔 달라고 했다. 이번에는 고함량의 약물을 쓰겠다고 하셨다. 그 약물은 부작용이 있었는데 바로 피로하거나 많은 일을 하면 눈의 동공이 올라가는 증상이었다. 동공이 올라가는 증상은 생활에 지장을 주었다. 지장을 주었다. 바깥에 나갔을 때 동공이 올라가는 경우가 있으면 쉽게 내려오지 않았고 어떻게 해야 하는지 판단력이 없어졌다. 두려움과 공포가 올라왔다.

급성 위염으로 밥을 한 끼도 못 먹었고 정신분열증으로 증세가 급격히 나빠졌다. 이런저런 일이 있고 난 직후 뭔가 미심쩍은 마음이 있어서 ○○○신경정신과에 다시 갔다. 박 원장님에게 모든 사실을 털어놓았다. 선생님은 내 병의 심각성을 알고 상담해 주셨다. 결국은 정신분열증 약 중에서도 최고로 강도가 높은 약인 클로자린이라는 약의 언급을 시작하셨다. 클로자린 약을 쓰면 그 약의 효과는 좋지만, 대신 혈구에 이상이 생기기 때문에 백혈병이 걸릴 수 있는 위험하고 모험적인 약이었다. 처음에는 기존에 썼던 약의 처방을 강하게 났다. 강한 처방을 내린 그 약을 받아먹었다. 그러나 전혀 나아지지 않았다. 그래서 나는 빨리 낫고 싶은 마음으로 약을 한꺼번에 몰아서 먹었다.

그러자 온 뇌를 지배할 만한 두통이 나를 엄습해 왔다. 손은 손대로 두려움에 떨었고 눈은 눈대로 제 기능을 잃어갔다. 눈물샘은 여지없이 터졌으며 모든 것을 멸해버릴 만한 두통이 내 머릿속에 각인되었다.

결국 자잘한 병들이 계속 되풀이되었기에 나는 ○○○신경정신과의 박 원장님에게 동공이 심하게 올라가는 원인을 들어서 입원을 요구했다. 더 이상 사회생활이 어렵다고 생각했기 때문이다. 박 원장님이 흔쾌히 수락해 주셔서 병원 제일 위층에 있는 폐쇄 병동에 입원하게 되었다. 입원했을 때는 아무것도 생각하지 않았다. 단지 눈이 내려가길, 제발 눈이 내려갔으면 하는 생각만 했다. 그때가 2007년 연말이었을 것이다.

친구를 만나고 사람을 만나는 것 자체가 불가능했다. 자유는 약물에 통제받고 자유롭지 못한 사고로 슬픔의 나날을 보냈던 날들이 많았다. 2007년 연말에 나는 병원에 스스로 입원했다. 그것도 지하철에서 동공이 올라가 어쩔 줄 몰라서 그 당황한 상황에서 병원에 냅다 찾아간 것이었다. 결국 입원했고 수많은 많은 약을 먹게 되었다. 나는 2007년 말에 입원했다. 자진해서 처음으로 병원에 입원했다.

내 마음속의 신을 움직이다(神進行)

입원 생활은 여러 가지 제약이 있었다. 폐쇄 병동이었기에 출입이 제한되었는데, 나는 거기서 지냈다. 거기서 내가 유일하게 대화하는 사람은 병원 수간호사였는데, 그분에게 여러 번 말을 걸었다. 병원에 입원하면 환자가 필요한 생필품이 있으면 주 1회로 물건을 주문할 수 있다. 비용은 병원비에서 빠진다. 특별한 일들은 없었다. 개인정보로 인해 나의 일들만 적도록 한다.

입원하는 동안에 급성 위염과 동공이 올라가는 문제로 나는 매달 수간호사님께 부탁했다.

"약 좀 주세요. 동공이 올라가서 견디지 못하겠어요."

그럴 때마다 수간호사님은 굵은 혈관 주사를 놓아주셨다. 손등에다 놓아 주셨는데 많이 아팠다. 그렇지만 동공이 올라가는 원인만 해결되면 아픈 것 따위는 아무것도 아니었다. 항상 차가운 침대에 홀로 누워서 고독과 동침했다. 눈은 공허를 꿈꾸었지만, 몸은 제 기능을 하지 못했고 언어는 매장당하고 감정도 말살당했다. 집을 그렇게 오랫동안 떠난 적이 없었기 때문에 가족들이 너무나도 보고 싶었다. 침대 시트를 많은 눈물로 적셨고 동공이 올라가는 원인과 급성 위염으로 삶이 삶 같지가 않았다. 병원에 입원해서도 급성 위염과 동공이 올라가는 부작용은 계속되었고 결국은 식사를 하지 못하는 상태에 이르렀다. 몸은 음식을 거부했지만, 늘 배고팠으며 침대 시트에 내 차디찬 몸을 맡겼다.

병원에서는 멍하게 생활하고 병원 약을 먹으며 지냈다. 답답했는지

밥을 못 먹고 구토를 자주 했고 컨디션이 좋지 않았다. 병원으로 부모님이 면회를 오셨다. 면회 오시면서 기운 내라는 이야기도 주셨고 여러 가지로 위로해 주셨다. 마침 얼마 지나지 않아 설날이 다가왔는데 그때는 아주 슬펐다. 큰집의 형수가 생각났다. 큰집 형수가 설날마다 주시는 떡국도 생각났다. 큰집 설날에만 먹을 수 있는 떡국, 차디찬 방 안에서 큰집 형수와 떡국, 여러 친척을 만나지 못함에 인생에서 제일 불행한 하루를 보냈다고 생각했다. 참고로 병원에서는 환자들의 출입을 통제했다. 그도 그럴 것이, 환자의 상태를 매일 체크해야 하기 때문이다. 약만 먹고 침대에만 누워 있으니 자연스레 우울과 고독이 나를 엄습했다.

창밖으로 지나가는 사람들이 그렇게 그리울 수가 없었다. 정상인들은 얼마나 많은 자유를 누리는지 다시금 생각했다.

다시 면회가 계속되자 나는 어머니께 편지와 필기도구를 달라고 요청했다. 병원에 있으면서 무료함을 달래는 방법으로 나는 글쓰기를 택했다. 병원에서 편지 쓰기를 연습했던 것이다. 그때 수간호사님께도 편지를 썼고 몇몇 사람에게도 편지를 썼다. 감정은 말살되어도 감각은 말살되지 않았나 보다. 편지를 쓰면서 내 감정은 다시 어느 정도 소통이 되었다. 그런데 편지를 쓰면서도 동공이 올라갔고 책을 보기만 해도 동공이 올라갔다. 고통이 일상이려니 생각하며 그렇게 의미 없고 평생 겪어도 다 겪지 못할 인고의 세월을 보냈다. 사실 면회도 자주 할 수 없었다. 그 흔한 전화도 할 수 없었다. 병원은 일정한 공간에 가두어놓고 환자의 상태를 보고 있었다.

내 마음속의 신을 움직이다(神進行)

입원 기간이 어느 정도 지나자 병원에서 주 1회 전화 통화를 허락했다. 집에 전화했다. 어머니의 목소리가 들렸는데 그때 울었던 일이 생각났다. 계속 울기만 했다. 보고 싶다는 이야기를 여러 차례 하며 전화기를 눈물로 적셨다. 길게 할 수는 없었기에 짧게 전화하고 끊었다. 보고 싶고 사랑하는 이에게 하는 전화를 그렇게 그때 맛보았다.

전화를 받아준 엄마의 목소리, 나는 고아가 되었다고 생각하기도 했다.

그때 나는 아무도 구제해 주지 않고 병원에 입원한 고아였다. 덩치 큰 고아는 정에 목말라 있었다. 왜 나에게 이런 일이 생겨야 하는지 누가 설명해 주었으면 했다. 평범하게 사는 나사가 되고 싶었는데 삶은 그걸 허락하지 않았다.

입원 기간이 어느 정도 경과한 데다가 가족들의 헌신으로 증상이 나아져서 박 원장님이 개방 병동으로 이전해 주셨다. 상태가 호전되고 상황이 좋아졌다. 의사는 다른 약 처방을 해 주었고 동공은 더 이상 올라가지 않았다. 그래서 병실을 7층으로 옮겼는데 폐쇄 병동과는 상황이 완전 달랐다. 자유로운 이동과 편안한 시트가 있었으며 약을 많이 먹지 않아도 되었다. 개방 병동은 병원 내의 공간을 돌아다닐 수 있었다. 전화 통화도 공중전화기가 있었기에 언제든 전화 통화를 할 수 있었다. 한번은 부모님이 오셔서 전화 통화를 하라며 동전을 주셨는데 500원짜리 동전도 같이 주셔서 3,000원 정도의 금액을 주셨다.

개방 병동에서도 에피소드가 있다. 그 당시 내가 보던 애니메이션이 있었는데 폐쇄 병동에 있었을 때는 보지 못했다. 〈헬싱〉이라는 애니 메이션의 OVA 판이 나올 시기가 되었는데 보러 갈 수가 없었다. 그렇지만 그때는 내가 있는 곳이 개방 병동이었기에 우연히 일찍 일어난 틈을 타서 새벽 3시 즈음에 병원 밖으로 나와서 병원과 가까운 PC방에 가서 1시간을 끊고 〈헬싱〉 OVA를 보았다. 단절되었던 문화생활이 풀리는 것이었다. 나는 그때 주체하지 못할 행복한 감정에 둘러싸였다. 그때 본 애니메이션은 굉장히 재미있었다. 잔인했던 OVA이었지만 재미있게 봤다. 인생에서 손에 꼽을 정도로 아주 꿀맛이었다. 병원으로 돌아온 뒤 화장실을 가려고 하는 순간에 당직 간호사를 만났다. "들어가서 주무세요."라고 하기에 "네."라고 대답했다. 스릴 있었던 PC방 방문기였다.

개방 병동으로 옮긴 뒤 몇 주 지나지 않아서 퇴원하게 되었고 일상으로 차츰 복귀했다. 동공이 올라가는 증상은 약물 조절로 더 이상 나타나지 않고 제 기능을 회복했다. 2008년도에 다시 ○○대학교에 복학했다. 2008년은 신경 계통에 대해 몸조리를 했고 2009년부터는 새마음으로 학교에 다시 다녔다. 2009년에는 좀 더 적극적으로 변했고 그렇게 해서 지금까지 오게 되었다.

내 마음속의 신을 움직이다(神進行)

대학교 생활 후반

입원한 직후에 느낀 것이 있다면 좀 더 세밀하고 큰 병원에서 치료를 받아보고 이상이 있는지 알아보자는 것이었다. 일반 병원에서는 평소에 눈이 뒤집히거나 하여 입원하는 일이 발생했을 때마다 치료가 제대로 되지 않아 신뢰가 가지 않았던 것은 사실이었다. 물론 여러 가지 사고들을 쳤고 약을 제때 먹지 않고 치료제를 바꾸어달라는 이야기를 꺼낸 건 나였다. 이번에는 대학 병원에 치료 의뢰를 했다. 상급 병원에서 치료를 받으려면 일반 병원에서 의뢰서를 만들어 제출해야 처방이 가능했다. 박 원장님은 처방을 써 주었다.

대학 병원에 갔다. 거기는 예약제라 대기해야 하므로 예약하고 진료받아야 한다. 좁은 신경정신과 진료 대기실은 사람들로 항상 북적였다. 내 차례가 되었을 때는 병원의 의사 겸 교수에게 치료받았다. 따로 더 언급하지 않고 정신과 교수라고 하겠다. 교수는 증상을 보고 인베가 9mg을 처방했다. 인베가가 뭔지는 몰랐지만, 집에 와서 약을 먹으니 잔 두통과 어지럼증이 차차 회복되는 듯했다.

대학교는 학점 관리를 위해서 한 학기를 더 다녔고, 그 한 학기도 두 과목만 들었다. 시간표를 잘 짜서 오후 시간이 남았다. 그래서 남는 시간에 아르바이트 자리를 알아보고 있었는데 학교 근처 마트의 구인공고를 보고 냉큼 지원했다. 그때 운 좋게도 마트의 아웃소싱으로 근무할 수 있었다. 그러나 순조로울 것만 같았던 이런 일들은 앞으로 일어날 악재들을 만들어냈다.

　최악의 조건이 발생했다. 며칠 일하는 도중에 선임은 남은 연차를 마지막 날일 때 다 써 버렸고, 같은 팀이지만 정규직인 담당자는 담석 수술 때문에 휴가를 낸 상태였다. 나와 교대로 일하러 들어온 사람이 이틀 정도 일하다가 무단으로 그만둬버려서 원래는 두 명이 해야 하는 일이 모두 내 일이 되어버렸다. 내가 담당하는 곳은 계란이나 수경재배 채소들을 관리하는 것이었는데, 혼자서 일했다. 혼자서 일했지만, 그나마 공백이 많이 티 안 나게 열심히 일했다.

　그런데 문제가 일어났다. 외할머니가 돌아가신 것이었다. 그래서 아웃소싱 매니저에게 통보하고 삼일장 휴가를 냈다. 장례에 대해서는 별일이 다 있었지만, 우여곡절 끝에 넘어갔다.

　사흘이 지나서 돌아오니 ○○마트의 내 구역은 개판이 되어 있었다. 일하는 사람이 적어도 1명은 있어야 하는데 정직원도 수술받으러 가고 후임은 무단 퇴사로 나가버려 일할 사람이 없었다. 그래서 정리해야 할 물건들이 산더미처럼 쌓여있었다. 사흘 동안 누적되었으니 얼마나 많겠는가?

　반장인 여사님은 상을 당하고 온 사람인 내 탓을 했다. 내가 일하는 곳은 적어도 3명이 일해야 하는데 한 명도 없었음에도 불구하고 내 탓을 했다. 그런 쓴소리를 들었으니 일이 손에 잡히지 않았다. 그래서 일을 못 했다.

내 마음속의 신을 움직이다(神進行)

다시 또 하나의 일이 터졌다. 계란 상품 중에 유통기한이 3일 안쪽으로 남은 제품들이 발견되었다. 그래서 폐기를 막기 위해 직원들이 밤에 싸게 기능성 계란들을 사 갔다. 이런 악재가 겹치면서 일이 어려웠고, 결국 아웃소싱 매니저에게 불려가서 신선 식품 쪽에서 퇴사를 시켰다. 대신 공구 쪽으로 돌리는 방법을 이야기했다. 그러나 너무나 복잡하고 너무나 억울하고 슬퍼서 자진해서 퇴사하겠다고 했다. 그 순간 아웃소싱 매니저가 한숨을 쉬더니 손찌검을 하려고 손을 들었는데, 그냥 겁을 주듯이 행동하며 넘기고 일어나서 밖으로 나갔다.

학업과 일을 병행하는 것이 힘들다는 것을 새삼 느끼게 해 준 한 달이었다.

야간 편의점 아르바이트

나는 학교에 다니던 중에 편의점 아르바이트를 몇 번 했다. 그것도 야간에, 그것도 유흥가 밀집 지역인 사상구라는 어느 도시의 한 편의점이었다. 편의점 아르바이트를 하게 된 동기는 다음과 같다. 친구가 있었는데 그 친구가 더 좋은 직장을 구하게 되자 편의점 아르바이트를 맡아 줄 사람이 없어서 나에게 부탁을 했다. 그리고 "좋은 경험이 될 것."이라는 말을 부연 설명으로 붙이며 나에게 은근히 강요했다. 그래서 나는 그 친구 대신 야간 편의점 아르바이트 일자리를 맡게 되었다.

참고로 우리 집 인근의 편의점만 해도 5개가 넘는다. 그곳에서 야간 아르바이트를 할 수 있었지만 그래도 어쩌겠나? '좋은 경험'을 기대하며 차비가 왕복 2,000원이 드는 사상구의 한 편의점에서 토요일부터 아르바이트를 했다.

아르바이트를 맡게 되었을 때 그 친구는 나에게 일 처리를 알려주고 도와주었다. 그 친구의 지시를 받으며 편의점 업무를 하나씩 익혀 갔다. 편의점 업무를 익히는 것은 그다지 어렵지 않았다. 단지 일하는 데 익숙지 않아서 좀 느렸다.

소개해 준 내 친구는 옆에서 시범을 보이고 나에게 똑같이 시켰다. 단순 노동이었지만, 밤에 하는 일이라 꽤나 힘들었다. 시간은 시간대로 흐르고 잠은 잠대로 왔다. 자정이 되자 편의점에서 정산이라는 것을 해 보았다. 처음 하는 일이라 익숙지 않아 힘들었지만 그래도 그런 대로 좋았다. 시간이 흘러서 새벽 2시쯤 되자 친구는 나에게 담배 개수를 세야 한다고 했다. 담배 가격이 만만치 않으니 담배 개수를 세는

내 마음속의 신을 움직이다(神進行)

것이 아르바이트생의 일과 중 하나였던 것이다.

컴퓨터에서 담배 리스트를 뽑고 담배 개수를 세고 있는데 친구가 내 느린 모습을 보며 답답해하며 말했다. "나는 30분 만에 다 했는데 이러다 날 새겠다." 그렇지만 그냥 넘겼다. 그런 성격의 친구였으니까 말이다. 담배 점검은 그걸로 끝내고 한 2시간 정도 흐른 뒤에는 환경 미화 작업을 했다. 환경 미화는 밖에 있는 길거리 쓰레기들을 청소하는 행위이다. 편의점은 의무적으로 하게 되어 있다. 일단은 환경 미화를 하러 나갔는데 편의점에서 손님들이 샀던 쓰레기들이 온통 길거리에 널려 있었다. 그래도 편의점 청소를 열심히 했다. 사실 청소는 집에서 하는 것 이외에 처음으로 해 보는 행위였다.

그렇게 시간이 지나니 손님들이 오갔다. 마칠 시간이 되자 다음 근무자가 들어왔고 기계에 퇴근 바코드를 찍고 퇴근했다. 그때 퇴근 시간은 오전 8시였다. 집으로 돌아가는 길에는 잠이 많이 왔다. 엄청난 피곤함이 몰려와 집에 도착하자마자 뻗어버렸다. 잠을 자고 일어나니 오후 1시였다. 부스스한 눈으로 식당에 가서 식사했다. 식사하고 뻘쭘하게 지내니 벌써 8시가 다 되었다. 일요일 오후 8시에 두 번째 아르바이트를 하러 갔다. 약 9시 30분쯤에 도착을 하니 소개해 준 그 친구가 기다리고 있었다. 그 친구는 "네가 한번 해 봐라."라고 말하여 내가 직접 편의점 일을 해 보았다. 처음은 시재 점검을 했고, 그다음은 하나로 교통카드 금액 일치 확인, 다음은 로또 금액 확인, 다음은 상품권 금액 확인, 마지막으로 출납부의 동전 확인을 끝으로 마무리했다. 또, 오후 10시가 되면 어김없이 편의점 식납 기사가 와서 물건을 놔두고 간다. 그러면 그 물건과 내용을 확인하고 정리해두면 된다.

그런데 그 친구가 계속 하는 말이 있었다. "야. 나는 30분이면 다 한다." 으음. 지금 생각해 보니 너무 약 올리는 것 같았다. 내가 대신 말아 준 것에 대해 배려하고 이해했다면 그런 말을 쓰면 안 되었다는 생각이 든다. 사실 편의점 업무에 능숙한 지금의 나는 담배 개수 파악과 검수는 20분 만에 다 한다. 그것도 손님을 맞이하면서도 말이다. 지금 생각해 보면 조금은 억울했다.

그렇게 친구의 훈육이자 스파르타식과 같은 편의점 교육은 계속되었다. 생각해보면 나를 얕잡아봤다. 그렇게 편의점 교육은 끝났고 시간이 흘러 월요일 아침 7시에 점장을 볼 수 있었다. 점장과 나는 여러 이야기를 나누었고 그로 인해 서로를 조금 파악했다. 점장은 다가오는 토요일부터 잘 부탁한다고 말했고 나는 그렇게 사상구 편의점에서 일하게 되었다.

편의점 아르바이트가 끝나고 돌아온 그 날은 바로 뻗었다. 이틀 동안 밤을 새우는 것은 여간 힘든 일이 아니었다. 투병하면서 일하는 것이 너무나도 힘들었다. 그러나 좋은 경험이 되리라 생각하며 즐거운 마음으로 일에 임했다.

여기까지가 내가 편의점 아르바이트를 맡게 된 배경이다. 다음은 내가 편의점 아르바이트를 하면서 겪었던 일이다.

사상구는 유흥가가 밀집되어 있고 취객들이 많다. 그렇기 때문에 편의점에서는 온갖 수모와 고된 일들이 일어난다. 나도 예외일 수는 없었다. 그 일들이 무엇인지 짚어 보자면 대강 다음과 같다.

다반사로 일어나는 일은 손님의 무례한 행위이다. 손님은 자신이 상전인 줄 안다. 사실 손님은 상전이지만, 편의점임에도 불구하고 대형 마트 이상의 서비스를 받으려는 사람이 있다. 실제 사례를 이야기하겠다.

내 마음속의 신을 움직이다(神進行)

첫 번째 사례는 다음과 같다. 오후 11시에 일어난 일인데, 편의점에서는 물건의 가격 때문에 항의하는 손님들이 더러 있다. 특히 소줏값! 왜 소줏값이 1,450원이냐고 아르바이트생에게 따지는 경우가 있다. 그러면 나는 물가 상승과 편의점의 특수성 등에 대해 설명해 준다. 그래도 손님들은 납득하지 못하고 아르바이트생에게 따진다.

아니, 편의점 아르바이트생은 돈 주고 물건만 팔아 주는 것이다. 내가 물건을 아무리 많이 판다고 해도 돌아오는 소득은 시간당 3,300원이다. 또 소줏값에 관해 설명해 주면 돌아오는 것은 언성을 높인 욕설뿐이다. 그러고서 카운터 앞에서 30분 이상을 버티는 손님들이 파다하다.

사실 소줏값 하니 생각난다. 2009년 11월 14일 오후 11시경의 일이다. 그 시간에 소주를 사러 온 사람이 있었는데 내가 1,450원이라고 하자 반발했다. 그래서 위와 같은 설명을 했는데 같이 옆에서 설명을 듣던 편의점에 막 들어온 취기가 있는 아저씨가 나에게 욕설을 내뱉었다. 나는 그를 타이르려고 노력했다. 그렇지만 그게 쉽게 되지 않았다. 이후 나는 계산이 끝나서 계산대를 밀었다. 순간 취기가 도는 아저씨는 "왜 세게 닫았냐?"라며 나에게 협박했고 나는 참지 못하고 폭발했다. 폭발한 상황에서 다른 손님이 들어왔는데 그 손님은 취기가 도는 아저씨 편을 들었다. 그래서 나는 그 손님과 취기가 도는 손님 그리고 다른 손님과 소주 계산을 해야 하는 손님, 즉 4 대 1로 말싸움을 했다.

4 대 1로 몰아가며 싸워야 하는 아르바이트생의 심정을 아는가? 왜 내가 그깟 소줏값 때문에 4 대 1로 싸워야 하는가? 나는 신변에 위협을 느껴서 CCTV가 있다고 경고했다. 또 나의 직위와 내가 한 행위를 이야기했다. 또 신종플루 진언 글을 보건복지가족부에 올렸다는 증거

로 문자를 보여주었다. 그랬더니 내 휴대폰을 막무가내로 밀어버리더니 다음과 같은 말을 했다.

"그건 그거고 이건 이거잖아!"

또 옆에 있던 어느 손님은 "내가 보기에 당신은 정신병자다." 또 "아무리 취해도 손님은 왕이다."와 같은 다수의 욕설을 높은 언성으로 내뱉었다. 나는 최대한 친절하게 설명하려고 했지만, 4 대 1로 싸우면서 내가 들었던 말은 결국 "정신병자."였다. 고작 1,450원 때문에 정신병자라는 말을 대놓고 들었다. 물론 나에게는 편집증이 있었지만, 처음 보는 사람에게 정신병자라고 말하는 손님은 정상인가? 급기야 사건의 발단이 된 술 취한 아저씨는 계산대 안으로 들어와서 손찌검을 했다. 나를 때리려고 했던 것이다. 그래서 나는 경찰을 불렀고 그제야 손님들은 슬그머니 도망갔다. 나를 너무 만만하게 봤다.

근데? 소줏값 때문에 도망간 손님들 이전에 다른 일이 또 있었다. 그 일이 있기 30분 전의 일이다. 30분 전에 대학생으로 보이는 청년 한 명이 와서 나에게 물건 계산을 요구했다. 그 청년의 물건을 찍고 계산을 마치고 가격을 알려주었다. 그랬더니 그 청년이 나에게 "왜 이 가격인데요? 와! 환장하겠네."라고 했다. 그렇게 되어 나와 말다툼이 벌어졌고 그 청년은 잠시 뒤에 가게 밖에 있던 친구들을 불러와 나를 위협했다. 친구들이 뒤에 있으니 그 청년은 나를 만만하게 보았나 보다. 그래서 다시 차근차근 설명해 주었는데 계속 나를 비꼬았고 비아냥거렸다. 그래서 나는 CCTV에 다 찍히고 있으니 경솔한 행동은 하지 말라고 했다. 그러자 그 청년은 표정을 바꾸더니 "몇 시에 마치시는데요?"라고 했다. 순간 불길하여 "오전 10시에 마칩니다."라고 했다. 그리고 이유를 물어보니 나에게 술을 사준단다. 마지막에 나가면서

내 마음속의 신을 움직이다(神進行)

하는 말이 다음과 같았다. "친절한 건 좋은데, 사람 무시하지 마세요."

편의점 아르바이트 인생은 참으로 고달팠다. 몸도 몸이지만, 마음에서 오는 병이 참으로 깊었다. 이전에는 이런 일도 있었다.

오전 6시경에 아르바이트를 하고 있는데 4명의 20대 청년들이 와서 담배를 요구했다. 그래서 신분증을 요구했더니 옆에 있던 친구의 신분증을 보여주었다. 그리고 담배를 팔았는데 내 말투가 그리 재미있었는지 내 말투를 계속 따라 했다. 나는 끝까지 인사도 하고 또 오라고 했는데 그중 한 명이 "군대 간다. 새끼야!"라고 했다. 뭐 손님은 손님이니, 그냥 넘겼다.

그런데 문제는 여기서부터 벌어졌다. 갑자기 비웃음 소리가 크게 들리더니 누군가가 편의점 창문을 부수려고 하는 것이 아닌가? 아마 나를 겁주려고 그랬는지도 모를 일이다. 이 행위는 10분간 계속되었고 내가 아무 반응이 없자 가게로 들어오더니 내 나이를 물었다. 그래서 내 신분증을 보여주었는데 "나이 많아서 좋겠다. 이 새끼야."라고 하며 다시 나갔다.

한 5분 정도 가게 밖으로 나가 그 4명의 학생과 실랑이가 있었다. 결국은 그들은 도망갔다. 가게에 다시 들어왔지만, 나는 너무나 혼란스러웠다. 그래서 나는 마음을 추스르고 다음 손님을 받아들였다. 몇십 분 정도 흐른 뒤에 갑자기 각목 하나를 누군가가 편의점 뒷문에 던지고 도망갔다. 뒷모습을 보니 그 남자더라.

좀 섬뜩했다. 왜냐면 각목이 무척 살벌했기 때문이다. 각목을 보아하니 이걸로 나를 때리려던 모양이었나 보다. 그런데 던진 이유는 무얼까? 가만히 생각해보니 그때 시간이 오전 7시였고 행인들이 길거리에 많이 지나다녔다. 아마 그래서 각목을 던지고 갔던 것 같다.

너무 무서웠다. 그냥 넘기려고 했는데 '각목을 들고 들어왔다면?'이라는 생각이 머릿속에서 떠나지 않았다. 그래서 나는 점주에게 전화했다. 점주가 경찰에게 신고하라 하여 신고했다. 잠시 뒤에 경찰이 왔고 나는 경찰에게 자초지종을 이야기하던 도중에 너무나 억울하여 그만 울음을 터트렸다. 그러면서 할 말과 하지 말아야 할 말을 했다. "저는 ○○○○○ 창준위(창당준비위원회) 당원 논객 겸 윤리위원이며…. 이 일도 떠맡아서 했다…"

순간 경찰이 말을 더듬었다. 이 책의 뒤에는 내가 어느 창준위의 윤리위원이라는 설명이 나온다. 경찰은 내가 정치 창당원임을 알고 간이 철렁했는가 보다. 그래서 경찰은 나에게 훈계를 했다. "왜 신고하지 않았느냐?", "참변이라도 당하면 어쩔 뻔했는가?" 등의 말이었다.

그렇게 나는 눈물을 보였다.

친구가 그렇게 원망스러울 수 없었다. 자기 직장이 구해졌다는 것을 알고 나에게 대신 부탁을 했던 그 친구 말이다.

참고로 나는 지각할 것 같으면 가끔 택시를 탔다. 택시비가 8천 원 이상 나올 때도 더러 있었다. 나는 대형 마트에서 일해 보아서 알고 있다. 늦으면 근로 봉사를 해야 한다는 것을 말이다. 게다가 이 직업은 지각하면 앞 파트에서 일하는 사람이 고생하기 때문에 더욱더 일찍 가야 한다.

이런 일이 내가 경험한 편의점 최대의 굴욕이다. 나중에 에세이집을 낼 때 다 실어버릴 생각이다. '아르바이트생 필독'이라는 제목으로 말이다. 그래서 이미 지금 쓰고 있다.

이번 이야기는 손님의 무례에 관한 이야기다. 손님은 다음과 같은

내 마음속의 신을 움직이다(神進行)

무례를 범한다.

편의점에서 일할 때 손님들이 돈을 던져줄 때가 있다. 그렇다고 해서 절대로 화를 내면 안 된다. 손님이 돈을 던지는 것은 일상화되어 있으니 참길 바란다. 위의 사례를 보면 이 사례는 아무것도 아니다.

그리고 이런 적도 있다. 어느 손님이 라면과 삼각 김밥을 샀다. 계산하고 매대에서 식사하다가 나에게 물었다.

"저기 핸드폰 충전기 있습니까?", "네. 있습니다. 계산해드릴까요?" "아니요. 아저씨가 쓰는 핸드폰 충전기 좀 꽂읍시다."

무슨 말인가? 나는 핸드폰 충전기를 가지고 다니지 않는다. 그리고 밤에 전화 올이 사람 어디 있다고 그러는지.

"손님. 저는 밤에 전화 올 사람이 없고 충전을 미리 해 오기 때문에 충전기가 없습니다."

그랬더니 "핸드폰 충전기가 없대. 이 아저씨 웃기는 사람이네."라고 하더니 식사를 하고 15분 뒤에 나갔다. 나는 잘 가라고 인사도 했다.

그런데 문제는 여기서부터다. 매대를 온갖 라면 국물과 김치로 도배를 해 놓았다. 바닥은 라면 국물로 범벅이 되어 있었고 음식물 쓰레기통과 일반 쓰레기통은 김치 범벅이 되어 있었다. 기가 찼다. 아니, 잘 먹고 나갈 것이지, 이렇게 보복하면 되나?

일단은 치웠다. 재차 강조하지만, 윗글에 비하면 이 정도는 약과다.

증정품 문제로도 시비가 붙은 적이 있다. 어느 손님이 물건과 함께 증정품을 가지고 왔다. "이거 증정이죠?" 내가 찍어보니 증정이 아니었다. "손님, 이건 증정이 아닙니다." 그랬더니 반발이 심했다. 하는 수 없이 LG텔레콤 내 멤버십 카드로 할인해주었다. 할인 금액이 증정 금액만큼 차이가 나자 손님은 고맙다며 나갔다. 또, 증정을 챙겨주려 했는데 해당 물품이 없었다. 그랬더니 한마디를 들었다.

"어디서 손님을 오라 가라야!?"

괜찮다. 윗글에 비하면 약과다.

어느 때는 손님이 담배를 피우면서 돈을 던지며 물건을 가져다 달라고 할 때도 있다. 대형 마트식 훈련을 받은 필자는 그냥 가져다준다. 또 다수의 손님은 데워달라고 한다. 데워준다. 또 다수의 손님은 밖에 있는 곳까지 물건을 운반해 달라고 한다. 운반해 준다.

이번 사례는 어느 청소부와의 말다툼이다.

새벽 4시 즈음이었다. 나는 새벽에 청소하고 편의점으로 복귀했다. 한 1시간쯤 지나서 밖을 보니 환경미화원이 청소하고 있었다. 그 행위를 유심히 지켜보았다. 그런데 순간 편의점에서 얼마 떨어지지 않은 곳에 있는 검은 봉지 쓰레기를 편의점 앞에 던지는 것이 아닌가? 그래서 나는 무슨 일인가 하고 나가서 봤다. 그런데 이 환경미화원이 갑자기 버려져 있던 자양강장제 유리병을 힘차게 땅바닥에 던졌다. 그 유리병은 산산이 조각났다. 순간 화가 났다.

그래서 나도 당당하게 앞으로 나가 우리 가게에 있는 비타민 음료수 유리병을 던졌다. 그때부터 환경미화원과 말싸움이 일어났다. 환경미화원은 언성을 크게 높이며 나를 나무랐고 자신의 나이가 50이 다 되어 간다고 이야기했다. 그래서 나는 반론하길 국방부에 진언을 올린 적도 있고 ○○○○○ 창준위 윤리위원이라고도 했다. 그랬더니 이런 말을 했다.

"네가 뭔데 국방부에 진언을 올려?"

믿지 않는 눈치더라. 2009년 5월부터 9월까지 내가 올린 서신만 해도 10여 통이 넘는다. 결국 실랑이가 일어났고 환경미화원은 욕설을 썼다. 참 욕을 많이 들어서 나는 오래 살 것 같다. 결국은 경찰을 불렀고 경찰은 나와 환경미화원을 진정시킨 뒤 사태를 수습하고 그렇게

내 마음속의 신을 움직이다(神進行)

돌아갔다.

　마지막 사례는 미성년자 담배 사건이다.

　평일 오후에 나에게 전화가 왔다. 경찰서에서 연락이 왔나 보다. 내가 미성년자를 상대로 담배를 팔았다는 것이었다. 그게 무슨 이야기인지는 모르겠지만, 일단 고발을 당했다고 했다.

　오후에 오라고 해서 오후에 편의점에 들렀다. 편의점에는 점장 부부가 있었다. 편의점 터가 좋지 않단 이야기로 나를 다독이시며 위로하셨다. 일단 5천 원을 주며 근처에서 밥을 사 먹으라 하셨다. 밥을 사 먹고 온갖 생각이 들었다. 담배 판 기억이 없었다.

　나중에 슈퍼바이저가 와서 이야기해 주었다. 담배를 팔았는데 담배가 없는 상태에서 자진 신고를 했다고 한다.

　담배가 남아있지 않고 자기가 스스로 자진신고를 한 것이 어이없었다. 오후 4시경에 관할 경찰서로 갔다. 경찰서에 가니 형사들이 일하고 있었다. 우리는 담당 경찰에게 안내를 받고 의자에 앉았다. 담배를 판 일이 없다고 분명히 말해두었다.

　잠시 뒤에 자진 신고한 사람이 들어왔다. 들어와서 이야기를 들어보니 중학생이라 했고 자진 신고했다고 했다.

　조서를 작성한 뒤 내게 질의할 것이 있으면 하라고 했다. 그래서 내가 "내가 담배 팔면서 어떻게 했냐?"라고 물었더니 "신분증 있냐고 확인한 뒤에 없다고 하니까 다음에 가져오라고 담배를 주었다."라고 말했다.

　나는 여기서 신분증 확인을 한 점에 대해서 강조하며, 신분이 확인이 안 되면 담배를 팔지 않는다고 못 박았다. 이 이야기는 조서로 작성되었고 점장님도 담배를 팔지 않는다고 이야기했다.

어느 부서에서 나중에 연락이 오길, 이 중학생 자진 신고자는 다른 범죄와 연관이 있다고 밝혀졌다고 한다. 자전거 절도라고 했다. 불리한 내용이 나왔지만, 당황하지 않고 그냥 이야기했다. 내 쪽에서는 불미스러운 다른 범죄 발생으로 자진 신고자의 신뢰가 떨어지리라 생각했고 이 일에 대해서 담당 형사도 고개를 저었다.

조서가 다 작성되었는지 조서에 자진 신고자의 지장과 내 지장을 페이지마다 찍게 했다. 그렇게 해서 상황은 마무리되었고 우리는 편의점으로 돌아갔다.

나중에 CCTV 영상 제출과 서류들을 슈퍼바이저가 건네었다. 그 후의 이야기지만, 자진 신고자는 미성년자에게 담배 판 것을 신고하면 포상금을 받을 것 같아서 신고했다고 했다. 그렇게 처음으로 경찰서에서 조사를 받는 경험이 생기게 되었다.

윗글만 보더라도 편의점에서는 참으로 많은 일이 일어났다는 것을 알 수 있다. 그로 인해 많은 것을 배웠고 한편으로는 많은 것을 잃었다.

제일 많이 잃은 것이 건강이다. 2009년 11월 17일경에는 건강이 악화되어 병원에서 약을 처방받았다. 집에서 쉬면서 글을 썼다.

누군가가 말했다. "건강을 잃으면 모든 것을 잃는다." 위의 행위들 말고도 실사례가 많지만 여기까지만 하겠다. '로망 없었던 편의점의 새벽'은 그렇게 흘러갔다.

편의점에서 아르바이트하는 사람에게도 인권은 있다.

내 마음속의 신을 움직이다(神進行)

과제 발표 미루기

　대학교 2학년 때, 조원 구성을 짠 적이 있다. 고전에 관한 국문과 강의가 있었는데 4명이 팀을 이루어서 PPT 발표와 과제 보고를 하는 과목이었다. 그 과제에 나와 남학우 1명과 여학우 2명이 팀을 짰는데, 뭔가가 없었다. 조가 정해져도 만나지 않고 이야기 같은 것도 안 하고 역할 분담조차 하지 않았다. 발표 날이 되었을 때 팀에 있던 여학우 2명이 발표를 했다. 그 여학우들이 PPT와 과제 내용을 정리하여 발표했다. 그렇다고 적극적으로 무언가를 이야기한 것도 아니었다. 남학우 1명과 나는 아무것도 하지 않았다. 나는 참가하지 않았다. 지금 생각해 보면, 아니, 발표를 들었을 때부터 미안했다.

　이러한 발표 PPT 사건이 있고 난 뒤부터 침묵하지 않기로 했다. 그래서 발표가 있는 수업은 전부 참가해서 발표했다. '직업과 윤리'에서 4조 조장으로 발표를 많이 했을 때, 무대가 두렵지 않았다. 그래서 발표하는 게 사실 괜찮았다.

　국문과 강의 수업을 들을 때의 일이다. 50명 이상 되는 학우가 모여서 팀을 짰다. 팀을 짜고 모여서 이야기하게 되었는데 10명 중 8명이 다른 약속이나 아르바이트를 문제로 참가하지 못한다고 이야기했다. 하나도 도와줄 생각을 하지 않았다. 그로 인해 나보다 학번이 위인 타 학과 선배와 같이 과제를 했고 서로를 도왔다.

과제는 PPT를 만들고 내가 발표했다. 인원이 다 빠지니 급하게 하여 퀄리티가 그다지 좋지 않았다. 그리고 해당 도서관 조사를 위해 인터뷰를 요청했을 때 담당 공무원이 짜증을 냈는데, 그 이유는 예약하지 않고 인터뷰를 요청하는 것에 짜증을 냈던 것이다. 여러 가지 어려움을 겪고 발표했지만, 나중에 그 누구도 이의 제기를 하지 않고 의견을 내지도 않았다. 타 학과 선배는 "급하게 만든 것치곤 잘했어."라고 해 주셨다. 과거의 내가 생각나는 시간이었다.

내 마음속의 신을 움직이다(神進行)

교직 과목 에피소드

국어국문학과에 다니면서 타과 수업을 듣는 일을 잘했다. 타과 수업 중에는 교직 과목도 있었다. 그 당시에는 글 실력을 늘리기 위해 교직으로 논술 지도를 들었다. 논술 지도는 직접 내가 쓴 글을 인터넷으로 제출하여 서로에게 점수를 매기는 형식으로 평가했다.

나는 교직 과목을 잘 들었다. 교사가 될 수 있는 것도 아니었지만, 교직 과목은 고급스럽고 교양 있게 다가왔다고 생각한다. 기억나는 교직 수업으로는 '현대 사회와 교육'이라든가 '논술 지도' 같은 수업을 들었다. '현대 사회와 교육'은 '기득권'이라는 단어를 알게 해 준 교직 과목이었고, 논술 지도는 내가 글을 쓰는 방향을 쉽게 잡게 해준 교직 과목이었다. 교직 과목 덕분에 사회에 대한 눈을 뜰 수 있었고 내가 사회적인 인간으로서 교육을 받을 수 있었다.

어떤 시사 문제에 대한 토론을 진행하던 과목이 있었는데 거기서 내가 조장을 했다. 이미 발표 능력은 '국어화법론'이란 강의를 통해서 증명되고 다져졌기에 발표 하나는 기가 막히게 잘했다. 조장으로 대표로 나가서 발표했고 학우들은 박수를 쳐 주었다.

교직 논술은 어느 정도 강의가 끝나갈 즈음이면 다들 교생 실습을 나가는 경우가 생긴다. 그러나 나는 교생 실습을 나가지 않기에 교수님께 말씀드렸는데, 교수님이 이런 이야기를 해 주셨다.

"교직 과목 수업이라 교생이 되지 않으면 이 수업은 들어도 소용없는데?" 그 말이 끝나자마자 자신 있게 "알고 있습니다."라고 답변했다. 근데 구석에 앉아있던 교직을 준비하는 학우들이 "우와!" 하며 환호했다. 환호한 이유는 잘 모르겠지만, 굳이 이 어려운 수업을 듣는 내가 특이했나 보다.

교직 과목은 5과목 정도 들었던 것 같다. 유익한 과목이었고 사회를 깨우치는 데 도움이 되기에 대학생 때 교직 과목을 들으면 좋을 것 같다. 가르치기 위해서 배우는 과목이라 학습 능률이 더 오르는 듯한 느낌을 받았다.

교직 과목과 관련하여 에피소드가 하나 더 있다. 어느 강의를 들었는데 강의 인원이 많아서 10개 조로 나누어 하루에 1조씩 발표하기로 했다. 내가 속한 조는 만학도들로 구성되어 있어서 거의 내가 발표하고 정리하는 쪽으로 방향이 잡혔다.

정리하고 있을 때 나 혼자 하는 듯한 느낌을 받았다. 수업 중간에 팀원 한 사람이 나 빼고 팀원들을 모아서 바깥에 나가서 무언가 이야기했나 보다. 그걸 물어볼 수는 없었지만, 왠지 모르게 기분이 나빴다. 거의 나를 신경 쓰지 않는 분위기였다.

발표와 요점 정리를 다 했다고 하여 자료를 넘기려 했는데, 만학도 학우가 정리하는 파일의 원고가 생각보다 많았는지, 페이지가 많이 나와서 어렵다고 하여, 내가 PPT 만들 분량을 봤을 때도 그 정도 분량이 나올 것이라고 했다. 불만이 생긴 듯한 말투로 "그럼 내가 온종일 만들어야겠네?"와 같이 비아냥대서 단답형으로 "그러게나."라고 보냈다.

내 마음속의 신을 움직이다 (神進行)

나도 개인적으로 PPT를 만들고 팀원들을 모아 나를 따돌렸던 만학도도 PPT를 만들었다. 그러나 나중에 알게 되었는데 우리가 발표하고자 하는 내용과 다른 PPT를 서로 만들고 있었다. 발표 당일에도 나는 교육학과 사무실에서 노트북을 빌렸는데 만학도 학우도 노트북을 가져왔다. 교육학과 노트북이 좋았는데 만학도 학우가 가져온 노트북을 썼다. 그리고 발표는 분명히 미리 PPT나 대본을 주지 않고 나에게만 몰아가려고 했다. 그렇지만 교수님은 만학도 학우를 시켰다. 물론 그는 발표 준비가 되어 있지 않아서 그저 읽으며 더듬거렸다.

발표가 끝나자마자 토의 시간에는 내가 나서서 진행했다. 학생들이 그나마 토의 시간에 약간 적극적으로 나서 주어서 한결 편했다. 그리고 토의 발표를 하면 캐릭터 상품을 주었다. 그렇게 마무리했는데 발표가 끝나고 처음으로 박수가 나왔다.

교수님은 뭔가 잘못되었다는 것을 아시고 하나씩 지적하셨고 만학도 학우는 학우들이 잘 따라오지 않아서 힘들었다고 이야기했다. 그때 내가 말했다. "저희는 PPT가 두 개입니다." 그러자 교수님은 "그러면 점수를 두 배로 줘야겠네!?"라고 했다. 같이 수업을 듣는 주변 학우들이 웅성거렸다. 결국은 우리는 총평으로 C를 받았다. 그때 발표로 나누어준 용지를 찢었다. 계속 찢었는데 교수님은 꿋꿋하게 수업하셨고 나는 자리를 박차고 나갔다.

그러한 일들도 있었다.

토막의 토막

고등학교 때 소설의 글감이 떠올라서 『동양의 무량사주괘』라는 소설 제목을 정해놓았다. 소설 주제는 사주팔자에 관한 것이었기에 사주 공부를 통해 작품 준비를 했다. 때마침 15주짜리 개방 강좌로 사주 강의가 있어서 사주 강의 수강을 신청했다. 만세력으로 사주를 보는 방법과 오행으로 사주를 보는 방법, 좋은 십이운성이나 4개의 기둥과 8개의 글자로 풀이하는 법을 배웠다. 배우고 보니 인터넷 만세력으로 대충의 흐름을 볼 수 있을 만큼 배웠다. 나중에 사주팔자를 강의하신 선생님께 감사의 편지를 써 보냈더니 내 팔자에 대해 풀이해 주시고 답례로 편지를 써 주셨다. 후에 사람과의 관계를 가지고 친해지려고 할 때면 인터넷 만세력을 통하여 사주팔자 풀이를 하여 쉽게 사람들과 친해질 수 있었고 인생에 많은 도움이 되었다.

대학교 졸업을 위한 영어 수업

내가 다니던 대학교 학생들이 졸업하기 위해 거쳐야 하는 것이 있다. ○○졸업인증시험이다. 아는 사람 말로는 그 시험에 합격하지 못해서 졸업하지 못하여 3천 명에 가까운 인원이 수료증만 받고 졸업하지 못했다고 한다. 사실 나도 시험을 쳤을 때 60점 이내의 점수를 받았던 터였다. 영어 시험인데 수준은 낮아 보였지만, 현실의 벽은 높았다.

나도 이 시험에 통과하지 못해서 쩔쩔매던 터에 그해 겨울방학 동안 대학교에서 토익 900점 반을 개설했다는 것을 알았다. 점수가 고득점으로 갈수록 장학금과 수강료를 돌려주고 90% 이상만 출석하면 ○○졸업인증시험을 면제해 준다는 것이었다.

옳다구나 싶어서 토익 900점 반을 수강한다고 신청했고, 겨울방학부터 수강이 시작되었다

처음에는 학생들을 모아놓고 토익을 치게 했다. 같이 토익을 쳤는데 나는 300점 안팎의 점수가 나왔다. 여러 점수를 모아놓고 반을 나눈다고 했다. 반을 나누었을 때 다양한 학우들이 모여서 4교시까지 시험을 쳤다.

사실 그때의 기억은 잘 나지 않는다. 이것도 토막 기억이지만, 선생님들이 네 분 계셨다. 수업을 받고 있었을 때 단어를 외우라는 선생님

들이 많았다. 하루에 단어를 100개씩 외우는 일들이 많았다.

처음 갔을 때는 앉을 자리가 마땅치 않았다. 마땅히 앉을 곳이 없어서 어느 덩치 있는 사람 옆에 앉아서 같이 수업을 들었다. 그 사람은 나보다 어린 사람이었다. 자리를 함께하게 되어 왠지 기분이 좋아서 일주일째 되는 날에 나는 편지와 과자를 준비했다.

그런데 편지와 과자를 준비했던 날에 "형. 저랑 같이 앉지 마시고 다른 데로 가주세요."라고 했다. 그전에 편지를 놔둔 것을 읽었으면 나는 그대로 있었을까? 이후로는 자리가 나면 옮겨서 갔다.

지금 공공 기관에서 근무하면서 그때의 이야기들을 생각해 보면 어렸을 때는 숙성되지 않은 지식을 믿고 지식을 가공하여 재생산해서 사실인 듯 이야기하는 사람들이 많았다. 지금 생각해 보면 거짓 정보와 앞만 보는 시력을 가진 우물 안 개구리였던 것 같다.

토익 900점 반에는 내가 아는 선생님이 있었다. 중학교 때 학원에서 만난 선생님 같아 보였는데 머리 스타일이 바뀌어서 혹시나 해서 물어보았다. 그 선생님이 맞았다.

더 놀라운 사실은 다음날부터 그 선생님이 중학교 때 가르치실 때의 복장과 머리 스타일로 하고 오신 것이었다. 그래서 나는 단번에 알 수 있었다. 알아챘지만, 모르는 척했고, 그 선생님도 알아챈 것 같지만, 모르는 척하셨다.

내 마음속의 신을 움직이다(神進行)

시간이 흘러 강의가 중반 즈음 왔을 때 학생들을 먹이려고 대학교에서 고기를 준비하여 파티를 했다.

가만히 앉아서 고기가 올 때까지 기다렸는데 학생 몇 명이 고기를 구워서 가져왔는데 너무 고기가 나오는 시간이 길어서 어떻게 굽는지 보러 갔다. 갔더니 같이 공부하는 학우 몇몇이 고기를 굽고 있는 것이 아닌가?

나도 고기를 구워도 되는지 물어보고, 고기를 굽는 데 합류했다. 내가 투입되어서 그런지 몰라도 고기가 빨리 구워졌고 많은 사람의 테이블 위에 고기를 놓을 수 있었다. 너무 고기를 잘 구워서 같이 공부하는 여자 학우가 "사주! 너도 와서 고기 좀 먹어라."라고 했다.

그때 내 별칭은 사주였다. 목화토금수 오행을 인터넷 만세력으로 풀이해서 사주를 봐주었기에 내 별칭이 사주였다. 사실 사주는 개방 강좌로 15주짜리 강의가 있었는데 이것을 이수했다. 이수하고 감사의 표시로 그때 사주를 봐준 선생님에게 편지를 썼다. 고맙게도 답례도 받았다.

어느 여자 학우 두 명에게 생년월일시를 묻고 인터넷 만세력으로 사주를 보여 주었는데 거의 기겁하며 놀랐다. 철학관에서 본 것과 비슷하게 이야기했다는 것이다. 물의 기운이 많은 여자 학우를 보니 나를 가지고 놀 것 같았다. 그런 경우는 꼭 점성술 쪽(타로)을 손대는 경우가 많았다.

그리고 토익 900점 반에서 토익 시험을 보기 전에 모의 토익을 한 번 더 보았다. 나는 모의 토익에서 100점이 올랐다. 400점대의 점수를 맞은 것이다.

투병 중이고 성적이 부진했기에 버벅대고 선생님들께 지적을 많이 받았는데 100점 이상 오른 성적을 보여드렸더니 잘했다고 하셨다. 그냥 앉아 있었던 것이 아니라는 게 드러났다. 문제가 쉽게 나왔다고 해도 점수가 오르니 기뻤다.

토익 900점 반이 끝나고 모두 헤어졌다. 이후에는 토익 시험을 실제로 치는 것만이 남았는데, 실제로 쳐야지 끝이 나기 때문에 실제로 쳤다. 실제로 쳐보니 300점대를 유지하고 있었다. 그렇게 됐다.

내 마음속의 신을 움직이다(神進行)

어느 창준위(창당준비위원회) 단체

어느 날 KTX 기차를 타고 가던 때의 일이다. 거기서 컴퓨터로 인터넷을 하기 위해 열차 안에 있는 돈을 넣으면 실행되는 컴퓨터로 무언가를 하려고 했다. 그렇지만 인터넷이 잘 실행되지 않았다.

그때 홀연 누가 그 자리에 앉아서 인터넷을 하려고 했다. 그래서 그를 보며 구경했다. 그도 인터넷이 안 되는 문제를 겪었는데 무언가 급해 보이는 눈치였다.

그래서 내가 "이 자리는 인터넷이 안 돼요."라고 말해 주었다. 그는 지나가는 KTX 승무원에게 인터넷이 안 되는 이유와 넣었던 돈을 환불해달라고 이야기했다. 죽이 잘 맞았는지 그 사람과 이야기를 더 나누게 되었다. "KTX에서 이런 서비스를 하면서 비용을 받는 게 옳은가?" 아니면 "새로운 시도나 개선을 해야 한다." 이런 식으로 그 사람과 만담처럼 이야기했다.

승무원이 다급히 확인해 보고 돈을 환불해 주었다. 천 원이었다. 나와 말이 통했는지 그 사람은 나에게 말을 걸었고 나는 그 사람의 말보다 그 사람이 들고 있는 봉투를 유심히 보았다.

'국회의사당'

서류 봉투에 인쇄된 글자를 보고 이 사람은 정치인이라고 생각했다. 그는 나와 전화번호를 교환하고 당원으로 함께해 주길 부탁했다. 그래서 나는 그 사람의 말투와 인상을 보았는데 믿을 만한 사람이라고 추측했고 인연이 있음을 짐작하기만 하고 헤어졌다.

○○○○○ 창준위라는 단체가 있었다. 창준위 사이트는 카페 형식이었다. 그곳에 나는 '신진행'이라는 가명으로 가입하여 꾸준히 사설을 쓰기 시작했다. 거기에서 내 기억으로는 40편 가까운 사설을 썼을 것이다. 그때는 국어국문학과에 있으면서 교직 논술을 배우던 터라 글에 대한 수용 능력이 아주 넓었다. 그래서 그 시절에는 한 단락에 여섯 문장 이상 쓴 9단락 이상의 글로 이루어진 글을 썼다.

○○○○○ 창준위 6기 출범 소식을 듣고 온라인으로 만나는 것보다 직접 가서 이야기를 듣고자 했다. 사실 이 사람과의 만남을 가볍게 보지 않았기에 부모님께는 취업 캠프에 간다고 속이고 나는 거침없이 대전으로 향했다.

대전 계룡산 근처에 있는 아파트에 ○○○○○ 창준위 사람들이 있었다. 한 사람은 '국사봉'이란 아이디를 썼고 '흙 한 줌'이란 아이디를 쓰는 사람도 있었다. 직책만 상임고문인 두 분도 계셨으며 합쳐서 7명의 사람이 있었다.

대뜸 내 이름을 묻고 성씨를 물어본 사람이 있었다. 그래서 이름을 말하고 가문을 말했다. 그 사람이 "어느 집안은 우리 집안하고 원수라서, 다른 가문이시라 다행이네요."라고 하셨다. 여러 가지 이야기가 오

내 마음속의 신을 움직이다(神進行)

가고 상임고문과 여러 사람이 저마다 이야기했다.

꽤 이야기가 길어질 즈음에 국사봉이란 아이디를 쓰는 사람과 잘 아는 사이라며 계룡산 도인이 나타났다. 얼굴은 할아버지였지만 아기 같았고 몸집이 좋았으며 흰옷을 입었다. 왜인지는 모르겠지만 도인이라 하기엔 의복이 너무 깨끗했다.

도인에게 다들 악수를 청했고 "○○○ 씨의 ○○○파 ○○○입니다." 라고 이야기했다. 다들 도인에게 그러한 이야기를 했고 마지막에 내가 내 가문과 이름을 이야기하니 "뭐? 뭐라고?"라고 하셔서 다시 가문과 이름을 말했다. 도인은 손을 길게 잡은 뒤에 놓아주었다.

도인이 손을 다 잡아보고 이런 이야기를 했다.

"저 먼 곳에 ○○ 대사가 계시는데, 나이는 700살이 넘은 도인인데 얼굴은 26세 청년 같은 분이시다."

사실 이 글을 올리게 된 이유는 도인이 이런 이야기를 했기에 한번 올려보았다. 그때 내 나이가 26세였기 때문이다. 딱 들어맞는다는 이야기가 우스울지도 모르지만, 도인이 왜 이런 이야기를 했는지는 지금까지도 의문이다.

한반도의 역사와 중국과 일본의 역사에 대한 이야기들이 이어졌고 어떻게 흘러가는지에 대한 동향을 이야기했다. 그렇게 이야기하고 나더니 도인이 일어났고 국사봉이란 닉네임을 가진 사람을 항상 지지한다고 이야기했다.

밤이 깊어갔다. 나는 침대 바닥 구석에서 잠을 잤고 다들 제각기 잠을 잤다.

일어나고 보니 아침이었다. 다들 불편한 잠자리였지만 잘들 주무신 것 같았다. 아침으로 라면을 끓여주셨는데 생각보다 라면을 잘 못 끓이셨다. 라면은 다 퍼졌고 계란을 잘못 까서 껍질이 들어있었다. 양으로 채우는 느낌이었다.

밖으로 나가서 차를 타고 서울에 사는 당원과 함께 대전역으로 갔다. 그 당원에게 내가 음료수를 사주고 떠나보냈다. 나도 집으로 내려가서 그날의 일들을 마무리 지었다.

○○○○○ 창준위 6기에서 나는 윤리위원직을 받았다. 그렇지만 인터넷으로 당원을 정하는 것이라 이것은 효력이 없었다. 그래서 그냥 이름만 윤리위원이었다.

국민신문고를 통해 활동하려 했다. 국방부가 북한의 미사일 발사에 대응했을 때 윤리위원이라는 직함을 꼭 쓰고 서신을 보냈고 답변을 받았다. 생각해보니 참으로 국방부 관계자들이 귀찮았을 것 같다.

그런데 어느 날 ○○여고에서 일어난 트럭 압사 사건을 블로그를 통해 듣게 되었다. 그때 학교 측의 안일한 대응에 많은 사람이 분노하게 되는데 그러한 문제들을 보고 국민신문고에 사건 목격자들의 기록을

내 마음속의 신을 움직이다(神進行)

토대로 글을 올리게 된다.

그렇지만 그 글은 민원인 취소로 돌아왔고 나는 민원인 취소를 하지 않았다고 항의했다. 그렇게 얼마 지나고 나서 ○○여고를 관할하는 장학사가 우편으로 답장을 주었다. 문제가 있었던 교장은 직위 해제되었고 일은 잘 마무리되었다고 말이다. 그렇게 해서 당원 게시판에 올리니 칭찬을 받았다.

그러던 어느 날 당원 게시판에서 흙 한 줌이란 사람이 ○○당과 합병해야 한다며 글을 올렸다. 그래서 주위 사람들이 의견을 냈을 때 나는 강하게 반박하는 글을 올렸다. 그렇게 올리니 흙 한 줌이란 사람은 탈당해버리고 국사봉과 여러 사람들이 "신진행님이 당을 구했다."라면서 좋아하셨다. 그래서 일단락되었다.

그러나 ○○○○○ 창준위 7기로 가기 위해선 당원비도 필요했고 일정 이상의 당원들이 모여야 당을 만들 수 있는데 끝내 기준에 적합지 않아서 ○○○○○ 창준위는 7기로 끝나게 된다.

다들 흩어져서 다들 자기 살길을 갔을 것이다. 당이 계속 유지되지 못했던 것은 소극적이었던 태도가 한몫했으리라 생각되기도 하지만, 어떻게 보면 우리가 힘이 없었을지도 모른다는 생각도 한다.

짧은 정치 참여였지만 그 일은 내 안에 있던 성숙함을 끌어내는 계기가 되었던 일들이었다.

30대 시절

(2011년~2017년)

대학교 졸업 이후

대학교 생활이 거의 끝나갈 즈음 나는 코스모스 졸업을 했다. 공부를 잘해서 코스모스 졸업한 것이 아니라 그저 학점을 채우고 졸업한 것이었다. 졸업 후에는 동네에 있는 다른 편의점에서 아르바이트를 하게 되었다.

집 근처인 이 편의점에서 아르바이트했을 때의 일이다. 항상 버럭 소리를 지르는 영감님이 계셨다. 그분은 항상 막걸리를 사면 빵 굽는 매대 쪽에서 의자를 하나 가지고 와서 앉아서 막걸리를 드신다. 반 정도 드시고 나서는 신선 식품 냉장고에 킵(저장)해 두신다. 그리고 다음 날이 되면 다시 오셔서 킵해 둔 막걸리를 드시고 덜 드셨으면 다시 냉장고에 킵하신다.

여름에서 가을이 걸터앉은 날에는 술을 편의점 앞의 마당에서 먹는 손님들이 계신다. 그러면 손님들은 다 마시고 그냥 가 버린다. 나중에 내가 치워야 하는 일이지만 그것 가지고 뭐라 하지는 않는다. 한 번씩 밤에 근무했을 때는 어떤 할머니가 오셔서 캔과 병을 버리는 곳에서 캔과 병을 꺼내 들고 가신다. 아마 고물상에 팔기 위해서 들고 가는 것일지도 모르겠지만, 나는 놔두었으면 좋겠다고 생각했다.

그 일대에는 교회에 다니는 유명한 할머니가 계시는데, ○○여상 회장 출신이라고 이야기하면서 편의점에 오는 손님마다 말을 걸거나 어

내 마음속의 신을 움직이다(神進行)

떨 때는 시비를 걸기도 했다. 그럴 때마다 영업 방해로 신고하고 싶은 마음이 들긴 해도 노인 공경을 해야 한다고 옛날에 배웠으니 놔둔다.

어느 날이었다. ○○○사무소를 운영하는 사람이 그분의 아들이었나 보다. 여기가 만남의 장소였던가? ○○○사무소의 그분은 늘 어머니가 걱정된다고 하셨는데, 그 어머니가 바로 손님에게 말을 거는 ○○여상 할머니였다. 또한, 막걸리를 킵해 놓고 마시는 할아버지가 그 할머니의 남편이었다. 즉, 그 세 명이 한 가족이었다. 저녁 10시에 빵을 굽는 매대에서 이 가족이 삼겹살 파티를 벌였다. 서로 연관된 가족이기에 무언가 떠오르지 않는가?

편의점에는 외국인들이 자주 온다. 외국인들이 많이 오기에 이들을 위한 접객 멘트가 필요하지 않은지 생각해 봤다. VIP라는 약어를 분해하여 이야기해 보기로 했다. 'Very Important Person.'이라고 전송 인사를 붙였다. 그러면 대부분 웃는다. 그렇게 아르바이트 시간을 보냈다.

야간 아르바이트를 할 때는 유통기한이 지난 식품들을 걸러내야 하는 시간이 있었다. 사상 쪽 편의점에서도 해 보았기에 어렵지 않게 할 수 있었다. 50여 가지의 유통기한이 지난 제품들을 선별했다. 대부분은 초콜릿이나 껌이 많았고, 지역 특산품, 방치된 식품, 조미료, 냉동 볶음밥 등의 식품들이 유통기한이 지나 있었다. 아마 각 편의점에는 내가 언급한 것들이 하나씩은 있을 것이다.

기한이 상당히 지난 것도 있었는데, 본사에서 수거해 갔다는 이야기를 들어서 유통기한이 지나도 보상을 받을 수 있다는 사실에 놀랐다.

도시락 행사를 진행했을 때는 영업이 필요할 것 같아서 영업했다. 도시락을 30개 주문했는데 선주문 10개를 받았다. 자주 오는 학생들에게 도시락 영업을 했다. 행사 내용은 도시락 할인에 컵라면을 주는 행사이었다. 그렇게 도시락 판매 영업을 했는데 반응이 참 좋았다. 저녁 8시가 되니 도시락이 30개 중에서 5개가 남았다. 도시락을 사러 온다는 학생들이 미리 이야기해 놓은 상태라 팔지 않고 있었는데 시간이 지나도 오지 않았다. 그래서 밤 10시가 지났을 때 먹거리를 사러 온 손님들에게 영업하여 5개를 다 팔았다. 영업 마인드가 있다고 생각한다.

아침마다 막걸리를 사러 오는 인근 ○○사진관의 사장 아저씨가 있었다. 그 사장 아저씨는 내가 일하는 모습을 보고 어느 날 어떤 제안을 해 왔다. 사진관 아저씨는 보험 영업을 해 보는 게 어떻겠냐고 제안하셨다. 영업적인 부분에서는 마트나 편의점에서 홍보나 친절에 관해서 관심이 있었기 때문에 나는 이 달콤한 제안을 받아들였다. 그리고 지금 일하는 편의점을 관두게 된다.

○○대학 병원에 가서 의사에게 경과도 좋고 일을 본격적으로 할 것이니 약을 줄여달라고 요청했다. ○○대학 병원 의사에게 처음에는 소극적으로 이야기를 꺼냈다가 내가 치료받은 기간이 오래되었기에 줄여도 되지 않는지를 이야기했더니 무슨 생각이 들었는지 약을 절반 이상 줄여 주었다. 그 일에 대해 나는 기뻤지만, 후에 그로 인해 큰일이 생긴다.

내 마음속의 신을 움직이다(神進行)

○○○손해보험 입사

　지금은 없어진 손해보험의 대리점 사장으로 일하게 되었다. 대리점 사장은 사업자 등록증을 내고 회사와 1 대 1로 거래하는 입장이었다. 보험 판매에 관한 시험도 본다. 「보험업법」을 중심으로 보게 되는데 시험공부를 3주간 실시하고 시험을 보았다. 3과목을 보았다. 평균 약 70점대의 점수가 나왔다. 사실 나는 병을 앓았던 입장이라 공부에 굳어 있었기 때문에 시험을 못 칠 줄 알았는데 예상보다 잘 보았다.

　회사의 보안상 별 이야기는 하지 않겠다. ○○○손해보험에서 여러 가지 일들이 있었다. 보험 영업은 상점에 들어가서 인사하는 방식으로 영업을 했다. 그렇지만 그것이 별로 특이하지 않고 사람들의 이목을 끌 수 없다는 마음에 고객 같은 영업원 콘셉트로 영업을 뛰기 시작했다. 처음에 들어간 곳은 타월(수건)을 파는 곳이었다. 인사하고 대뜸 잘 나가는 수건을 추천해 달라고 요청한다. 그러면 ○○○제품과 ○○제품이 잘 나간다고 한다. 그때, 보험 대리점을 해서 개원 기념으로 수건을 제작해서 드릴 것 같다고 말씀드리고 명함을 요구하면 명함을 주신다. 이런 식으로 고객의 눈에 익는 영업을 시작했다.

　이런 적도 있었다. 근무지 근처에 은행이 하나 있었는데, 부도가 났다. 그 은행에 돈을 맡긴 사람들이 현장에 나와서 낙심해 있었다. 그래서 처음에는 그곳에 가서 이율 5% 보험 상품 설명지를 복사하고 들고 가서 '이율 5% 상품'이라고 이야기하며 사람들에게 전단을 돌렸다. 반응은 좋았으나 연락 오는 사람이 없었다. 그래도 이를 이용하면 좋을 것 같다는 생각이 마구 들었다. 돈과 관련 있는 사람이 모여 있는 부도난 은행 앞의 영업을 포기할 수 없었다. 그래서 다른 전략을 썼는데, 그 은행에 친지가 맡긴 돈이 있는 콘셉트를 정해서 화를 내다가 나중에는 울먹이는 방법을 썼다. 왜 그 방법을 썼는지는 모르겠지만, 아마 같은 심정으로 있는 사람으로서 보험 영업이 먹히리라 생각한 것이다. 그렇게 하니 사람들이 동정 어린 눈빛으로 위로해 주었고 어느 나이 지긋한 어르신은 자신의 투자나 금융에 대한 악재에 관해 이야기해 주셨다. 물론 그때도 보험 상품을 복사하여 돌렸다. 그렇지만 연락은 오지 않았다. 그 방법도 통하지 않으니 어떻게 해야 연락이 오는지 고민했다.

자신의 상황과 같은 처지라는 콘셉트로의 영업과 손님을 가장한 영업은 처음 시도하여 들어가는 것까지는 성공했지만, 어떻게 보험 계약으로 연결하는지가 관건이었다. 그와 같은 영업 방법으로 수십 장의 명함을 받아서 연락처를 확보했다. 팀장에게도 일단 영업을 해 보았으니 진전은 없었지만, 놀지 않았다는 이야기도 할 수 있었다.

보험 영업 교육을 20일 정도 받던 어느 날이었다.
보험 대리점 일을 시작하고 교육받는 도중에 환청이 들리기 시작했다. 그 환청은 자신을 절대자라고 속이며 나를 데려가겠다는 이야기를 계속했다. 결혼을 한다는 것이었다. 남자인 나는 결혼이라는 이야기를 들었을 때 어이없어했지만, 환청으로 이야기하는 절대자는 중성이기에 결혼을 할 수 있다고 했다. 그러면서 다른 환청들이 섞이면서 나를 차지하기 위한 몇 번의 이야기들이 이어졌다. 우주 최강의 절대자라 말하며 온 환청도 있었고 어둠의 절대자도 온 적이 있었고 많이들 오셨다.

내 마음속의 신을 움직이다(神進行)

나에게 무슨 힘이 있었던 것 같았다. 사람의 마음을 읽을 수 있을 것 같고 미래를 이야기할 수 있었다. 이런 현상도 있었다. 내가 딱히 가고자 하는 방향을 정하지 않고 걷는 일이 있으면 한 번씩 발이 제멋대로 움직이는 현상이 있었다. 앞으로 걸어가면 무슨 이유에서인지 내 의지에 반하는 것 같이 멋대로 옆길로 새거나 유턴을 하여 다른 길로 돌아가는 일이 생겼다. 환청이 말하길 더 좋은 결과를 받기 위해서 길이 바뀌는 것이라고 했다. 물론 내 힘으로 직진하면 직진할 수 있었다.

보험 대리점 사장으로 등록하여 입사하여 얼마 지나지 않아서 사업자 등록증이 나왔던 때였다. 그때는 돈이 없었다. 그래서 돈이 필요했다. 여러 가지를 생각해 보았는데 사업자 등록증으로 법인 카드를 내야겠다고 생각했다. 사업자 등록증이 나온 세무서에서 사업자 등록증을 받고 바로 보험사로 일행들과 돌아가야 하는데 나는 다른 볼일을 보겠다고 하며 빠져나왔고, 법인 카드를 만들 수 있는 근처의 은행을 검색했다. 근처의 ○○은행에 전화하여 물어보았는데 가능하다는 답변을 받았다. 그래서 ○○은행에 가서 법인 카드를 만들었다. 한도는 첫 거래기에 120만 원이었다. 그 법인 카드로 보험 영업을 해야만 했다. 수중에 돈이 없었기 때문이다. 법인 카드를 만들고 바로 보험사에 제출했다.

법인 카드를 만들었지만, 그때는 현금을 융통할 수 없었다. 현금이 필요해서 제2 금융권의 공식 대부업체들에 전화를 걸어서 대출을 받을 수 있는지 물어보았다. 연락해 보니 불가하다고 이야기했다. 적어도 6개월 정도의 근무 기간이 있어야 한다는 것이었다. 나는 이내 다른 방향으로 방향을 돌렸다. 근처 편의점에 있는 ATM기에 도달했다. 그런데 간편하게도 ○○&○○ 대부업체 메뉴가 있었는데 몇 가지 정보만 입력하고 돈 100만 원을 인출할 수 있었다. 그렇게 해서 무언가를 막았다. 보험금이나 그런 것을 막은 것 같았다.

그렇게 나는 빚을 지고 환청의 말에 침식되고 있었다.

내가 하려는 일들을 부모님이 곱게 보시지는 않았다. 빚 중 일부는 보험 영업에 필요한 노트북을 사는 데 썼고, 교통비나 식비로 일정 금액이 들었으며 보험 계약을 했을 때 사은품을 구입하거나 했다. 일로 인해 밤을 새우려 했을 때는 부모님의 참견이 많았고, 소리치며 울던 때가 몇 번 있었다. 아무도 이해해주지 않는다는 생각에 나는 괴로웠고, 이 일이 언제까지 계속될 것인지 생각했다. 결국에는 돈을 벌어서 꾸준히 직장생활을 하면 인정해 주시겠다는 생각으로 일을 했다.

내 마음속의 신을 움직이다(神進行)

이상한 체험

보험회사에 다니며 환청에 대해 경험하던 어느 날이었다. 새벽 4시 즈음이었다. 환청이 "너를 괴롭게 하는 집 말고 밖으로 나가서 바람 좀 쐬자."라고 말했다. 나는 무언가에 홀린 듯이 보험회사에 다닐 때 입었던 정장을 입었다. 부모님과의 관계가 좋지 않던 내가 새벽 4시에 부모님을 피해 몰래 밖으로 나왔다. 아마 답답했던지 그때 나온 이유는 정확히는 기억나지 않지만, 일종의 가출이었다.

새벽 4시에 도롯가에 나와보니 버스나 지하철은 없었다. 단지 쌩쌩 달리며 폭주하는 택시들이 있었다. 택시를 잡으려 하자 한 대의 택시가 섰다.

탔던 택시는 내부에 튜닝이 잘 되어 있는 택시였다. 목적지는 서면 롯데백화점으로 정했다. 택시는 곧장 롯데백화점으로 갔다. 야밤이라 차가 별로 없었고 택시는 평균 시속 70km를 유지하며 달렸다. 차의 속도가 온몸에 전해졌고 신나는 택시 드라이브를 즐기지는 않았지만, 맛은 보았다.

얼마 지나지 않아서 서면 롯데백화점에 도착했다. 택시기사에게 법인 카드로 결제를 하고 새벽 5시에 서면 주변을 돌아다녔다. 먼저 롯데백화점 지하 쪽으로 갔다. 통로가 이상하게 되어 있는 것 같았다. 롯데백화점 강좌가 있는 곳은 개방되어 있었다.

그리고 보이는 사람들….

남루한 차림의 사람들이 땅바닥에 누워 잠을 자고 있었고, 방황하던 중학생으로 보였던 소년은 나를 보더니 금세 사라졌다. 환청이 워낙 이야기를 내가 원하지 않아도 제법 하는 편이었기에, 그때는 어딘가 물건에 내 몸이 닿으면 이야기를 해주었다. 백화점 화장실에는 비데가 있었는데. 환청은 그 비데를 보면서 "이것은 오래전에 지구를 침략한 나쁜 외계인이 만들었다."라는 식의 이야기를 했다. "지구를 정복하기 위해 이렇게 위장했다."라고 이야기했다.

전등이나 세면대에 대해서도 "이건 우호적인 물건이다."라든지, "내가 보기에 아무것도 들어있지 않은 물건들이다."란 이야기를 했다. 일단은 계속 듣고만 있었다.

롯데백화점에서 연결된 위층으로 가니 카운터가 보였고, 롯데호텔과 연결되어 있다는 점을 알았다. 롯데호텔의 카운터에 직원이 있어서 호텔 방을 빌리려 했다. 갈 데가 없다 보니 호텔에 들어가서 쉬고 싶었다. 그랬더니 직원이 이야기했다.

"지금 들어가시면 정오에는 퇴실하셔야 합니다. 요금은 30만 원입니다."

새벽 5시였기에 시간 대비 금액이 비쌌다. 비싼 금액을 치르기 싫어서 그냥 나왔다. 나와서 서면의 거리를 걸었다. 서면의 거리에 있는 간판들을 보면서 무언가 풀이를 했다. 예를 들어, '마음 따뜻한 약국'이

내 마음속의 신을 움직이다(神進行)

란 상호가 있으면 해석하길 '마가 끼어 있고 음기가 끼어 있는 형태가 따뜻한 약을 주는 국민'이라는 식으로 풀이하면서 거리 간판들의 뜻에 대해 해석했다. 몇 번 그런 일들을 환청과 함께했다. 그렇게 간판에 3행시들을 지어가면서 문장이 가지고 있는 의미를 해석했다.

그런데 길거리에 어느 남루한 남자가 있는데 정장을 입은 나를 보더니 "한 시간에 7만 원."이라고 말하며 나를 따라 왔다. 아마 유흥업소 직원 같았지만 대답하지 않고 무시하니 그냥 가버렸다.

이번에는 내가 아는 사람의 이름이나 문장을 해석하며 길거리를 걸었다. 내 닉네임을 가지고 분석했다면 '신진행', '신을 움직이는 사람'이라고 해석했다. 그렇게 관련된 문자들을 해석하며 돌아다녔다.

아침 7시쯤 되었는데도 상가들의 문이 다 닫혀 있었다. 서면 쥬디스 쪽으로 넘어왔는데, 상상력이 풍부했는지 이상한 상상을 했다.

손을 합장하고 무언가 결계 같은 걸 만들 생각을 했나 보다. 그리고 땅을 짚더니 땅에 있는 기운 같은 걸 흡수해서 내 것으로 만든다는 상상을 했나 보다. 그렇게 돌아다니다가 목이 말라서 편의점에서 건강 음료를 사 먹었는데, 마시자마자 몸이 빠르게 흡수했다. 아마 공복이라 흡수가 빨랐나 보다.

걸어 다니면서 계속 이상한 상상을 했다. 예를 든다면 사람들이 환호하는 상상을 하기도 했고 내가 무언가를 생각하는 이미지도 상상했다.

너무 배가 고팠는지 서면의 처음 가 보는 길에 있는 어느 식당에 도착했다. 아침에도 운영하는 식당이었는데 향토 음식을 파는 식당이었다. 주변에 문을 연 식당이 그 식당밖에 없어서 음식을 주문하여 먹었다.

　다 먹은 다음에는 도서관 쪽을 돌아다니며 환청이 하는 만담을 들었고, 그다음에는 집으로 돌아갔다.

　지금 생각해보면 환청이 이제 침식 단계로 들어간 듯했다.
　꼭 약을 빼 먹지 말자고 이야기하고 싶다.

운명의 날

　운명의 날이 왔다. 환청에게 세뇌를 당한 것 같은 나에게 큰일이 일어났다. 집으로 돌아왔을 때 집에는 아무도 없었다. 아무도 없는 집에서 나는 컴퓨터를 했다. 환청은 나에게 사람들 눈에 띄지 않도록 할 테니 밖에 나가서 놀자고 했다. 그 의견에 동의했는데 어머님이 들어오셨다. 그때 공포심과 위압감이 들었다. 최근에 관계가 나빠진 것이 한몫했겠지만, 왠지 싫었고 두려움이 엄습해 왔다.

　어떻게 해야 할지 생각했는데, 환청이 말하길 "너의 어머니에게 나쁜 우주인이 들러붙었다."라고 이야기했다. 다시 이야기하길 "숙주가 붙어 있을 것이니 숙주를 제거하면 된다."라고 했다. 환청은 그렇게 이야기하고 숙주를 제거하자는 의견을 냈다. 그래서 마음을 단단히 먹고 어머니가 있는 현관의 유리창을 손으로 깼다.

　그리고는 강제로 어머니의 몸통을 안아서 거실로 데려왔다. 무슨 영문인지 모르는 어머니는 내 이름을 외치며 나를 불렀다. 연세에 비해 어머니는 몸부림이 강하고 저항이 심하셨다. 나는 숙주를 찾기 위해 어머니의 몸을 구석구석 살폈다. 손에 낀 반지가 눈에 띄었다. 몸부림치고 도망치려는 어머니를 화장실로 몰았다. 반지를 빼앗으라는 이야기가 들려서 반지를 빼앗으려고 노력했고, 배에 입을 대어 외계인을 쫓아내는 의식 아닌 의식을 했다.

　누군가 초인종을 눌렀는데 아버지셨다. 초인종을 계속 누르셨고 어머니는 아버지를 부르셨다. 아랑곳하지 않고 나는 내 할 일을 했다. 아버지의 초인종 소리가 들린 지 10분 정도 지났을까? 결국 내 체력이 다하여 끝내 어머니를 놓쳤다. 어머니께서는 밖으로 나오셨고 곧이어 119 소방관이 들어왔다. 기절한 나를 거구인 나를 119 소방관은 내 옷을 붙잡고 끌어냈다. 나는 여전히 기절해 있었다.

밖에는 구급차와 경찰차가 있었고 나는 구급차에 실려서 병원으로 향했다. 눈을 떴을 때는 119구급차 안이었고 아버지가 보호자로 같이 가 주셨다. ○○병원으로 향했다. 나는 응급실에 입원했는데, 그때까지도 상황 파악이 되지 않았다. 생각하기로는 모든 것이 초기화되어서 나머지 인류가 내가 있는 곳에 정착했다고 생각했다. 자기 합리화를 할 때 즈음에 나는 안정을 찾고 있었다.

나는 어느 치료실로 이동되었다. 내 손을 의사가 꿰맸다. 손을 꿰매는 것을 보니 손이 찢어졌나 보다. 유리를 깰 때 아마 손이 찢어졌나 보다. 시간이 많이 지나서 손을 꿰매고 병원 침대에 누웠다. 응급실 병원 직원이 한 번씩 내 동향을 살피러 왔는데 나가려는 나를 막기 위해 손을 침대 양 사이드에 묶었다. 근데 묶고 있으면 풀고 싶은 마음이 들어서 힘을 줘서 풀었다.

아버지는 식사 도우미와 내 보호자 역활을 해 주셨다. 그때까지만 해도 나는 이런 생각을 했다. 단지 내가 인류의 얼마 남지 않은 생존자라고.

며칠 지나고 어머니께서 오셨다. 선글라스를 끼고 오셨는데, 아마

내 마음속의 신을 움직이다(神進行)

나와 몸싸움 도중에 내가 눈에 가해하여 상처가 났던 것으로 기억한다. 나는 별다른 말을 할 수 없었다. 그때까지만 해도 나는 환청과 대화했고 안정이 된 상태였으며 공격성이 줄어든 상태라 대화 없이 어머니를 쳐다보았다. 아무 느낌도 없었다. 응급실에서 피검사 결과를 이야기하길, 혈액이 파괴될 정도로 혈액 상태가 나쁘다고 했다. 그래서 링거를 맞았고 다 맞은 뒤에는 얼마 지나지 않아서 입원 수속을 밟았다.

병원의 어느 병동으로 갔는데 그곳은 ○○병원 폐쇄 병동이었다. 그렇게 나는 대학 병원의 폐쇄 병동에서 신세를 지게 되었다.

병원 폐쇄 병동 입원과 퇴원

병원에서 입원 절차를 받고 옷을 받고 그렇게 지나간 하루였다. 내가 간 곳은 대학 병원에 있는 폐쇄 병동이었고 하루에 한 번씩 프로그램에 참여했다. 요가나 기 치료, 정신과 전문의 의사와 같이 대화를 나누는 것으로 프로그램 시간이 지나갔다. 다양한 프로그램이 일주일 과정으로 짜여 있었고 별일 없이 시간은 지나갔다. 이곳은 나에 관한 정보가 부족한지 위장약이 초기에는 나오지 않아서 밥을 못 먹을 때도 있었다.

여기서 치료를 받고 보니 뭔가 억압된다는 느낌을 지울 수 없었다. 정신적 억압도 있었지만, 항상 남자 직원이 모든 것을 통제했다. 대응할 수 없었다. 병원 약이 사람을 가라앉게 하는 영향도 있었던 것 같다. 환자들을 관리하려면 힘이 세야 하겠더라.

매주 한 명씩 새로운 환자가 들어왔다. 새로운 환자는 어떤 사람인지는 알 수 없었다. 새로운 사람 중에 뭔가 문제를 일으키는 사람도 있었는데 대부분은 폭력적인 일이었다. 그러면 어디선가 의사 가운을 입은 여러 명의 사람이 나타났다. 복도를 통해 그 사람을 제압하러 갔다. 제압했는지, 무얼 했는지는 몰라도 항상 그런 일이 있었다.

처방받는 약이 무엇인지 모르겠지만, 하루에 3번 약을 먹었는데 약 종류가 많았던 것으로 기억한다. 많은 알약을 먹으면서 이것으로 무

내 마음속의 신을 움직이다(神進行)

엇이 나아질지 기대하지는 않았다. 기대하지 않은 약 복용을 5일째 하던 날이었다.

저녁이었는데 동공이 올라가는 것이었다. 눈이 떨리고 올라가는 상태를 계속 겪게 되었는데 간호사실에 이야기하니 약이나 주사를 주었다. 약은 부작용 방지약일 것이고 주사는 혈관 주사를 주었다. 더 심해지면 링거를 맞거나 했다.

동공이 올라가는 부분은 개선이 되지 않았다. 무슨 약을 먹일까 하는 생각이 들었고 솔직히 약의 부작용이 심했기에 눈이 당기면 침대 위에 누워 있었고 가라앉지 않으면 무조건 잠을 잤다. 상태가 심할 때는 약이나 주사 처방을 받았다.

일요일이 되니 거기서 노래방 기계로 노래를 시켜 주었다. 나도 몇 번 불렀다. 거의 팝송이나 자우림이나 임현정 노래를 불렀다. 그렇게 지나갔다.

폐쇄 병동에 한 달쯤 입원하니 좋아지는 부분이 몇 부분 있었다. 첫 번째는 발음이 좋아졌다. 두 번째는 무엇을 읽을 때 끊김 없이 읽을 수 있었다. 세 번째는 정신이 맑아졌다. 컴퓨터나 전자 기기나 음악 같은 것을 듣지 않고 활동적인 일들만 반복하다 보니 본능적으로 사람이 정화된 것 같았다.

폐쇄 병동에는 매일 전공의인지 해당 병원의 학생 의사나 간호사들이 오는 것 같았다. 나는 의사 가운을 입은 사람이 다가오면 무엇인가 말하고 싶었는지, 아니면 지금의 정신이 제정신이 아닌 것을 보여주기 위해서 별의별 이야기를 다 했다.

그중 하나가 태극권이었다. 물론 나는 태극권을 한다고 이야기했지만, 실은 태극권이 아닌 몸으로 하는 즉흥적으로 만든 창작 체조 같은 것이었다. 그걸 태극권을 한다고 하여 전공의 의사에게 계룡산에 가서 터득한 체조라 소개하며 보여주었다. 계룡산은 예전에 계룡산 도인을 만나서 그걸 계기로 둘러댔던 말이었고, 기 치료 안마도 할 줄 안다고 하며 손으로 안마 같은 것도 해주었다. 그러나 그 안마도 기 치료 안마가 아니라 일반적으로 어깨를 주무르는 식의 기본적인 안마법이었다. 그런데 이 전공의 의사가 태극권에 대해서 구체적으로 이야기해 주었고, 안마를 받았을 때는 어떤지 이야기해 주었다. 아주 자세히 말이다.

구체적으로 떠오르는 이야기로는 "일 마치고 헬스를 하는데 항상 몸이 무거웠는데, 안마를 받고 나서 몸이 가벼워지는 것을 느꼈다."라는 식으로 이야기했다. 나도 거기에 동의했다. 과장하며 "원래 처음 맛보는 사람들은 다 그렇다."라고 이야기했다. 여기서 중요한 점은 위의 행동들을 내가 전혀 당황하지 않고 자연스럽게 이야기했다는 점이다. 의심하지 않고 마치 기체조를 연마한 달인같이 행동했고 당연한 듯이 이야기했다.

언어 선택이 범상치 않은 여류 작가 선생도 이 병원에 입원했다. 사실 처음에는 그 사람이 작가인지 몰랐는데 그림 그리고 글을 쓰는 것이 범상치 않아 보였다. 어느 날 그 작가 선생이 작은 종이 용지에 그

내 마음속의 신을 움직이다(神進行)

림을 그렸는데 잘 그려놓은 그림이었다. 여기에 들어온 경위를 물어보니 "나는 병원에서 치료받다가 몸이 좋아지지 않아서 병원에 입원했는데 들어와 보니 여기였다."라고 이야기했다. 나이도 있으신 것 같았는데 내가 판단한 게 맞는지는 모르겠지만, 경증 치매 같아 보였다. 그냥 그랬다.

면회로 가족들이 왔다. 가족들이 면회 와서 먹을 것과 입을 것을 주었다. 병원에서는 음식을 마음대로 살 수 없기에 가족들이 음식을 주는 일이 있다. 찰떡 파이 몇 개와 음식을 얻었다. 그리고 병원에서 시원한 것을 먹고 싶어서 큰 콜라병을 1시간 정도 냉동고에 넣어서 콜라 슬러시를 한 번씩 만들어 먹었다. 나눔의 중요성을 알고 음식이 귀하다는 것을 알기에 병원의 환자들과 나누어 먹었다.

1개월 정도 되어갈 즈음에 외출을 허락받았다. 아버지와 외출했는데 그때 환자복 말고 다른 옷을 오랜만에 입었다. 새 옷을 입고 새 신발을 처음 신었다. 해운대 쪽으로 외출했는데 그렇게 좋을 수가 없었다. 손을 맞잡고 같이 다녔다. 특별하게 기억나는 것은 별로 없다.

환자들의 증상이 제각각이기에 병원에서는 별의별 일들이 많다. 한번은 점심 식사 도중에 내 얼굴을 때렸던 환자가 있었다. 환자는 그 자리에서 병원 직원에게 제압당했고 제압당한 환자는 "죽어!"라며 고래고래 소리 질렀다. 그 행동을 보던 나는 맞고서 가만히 있었고 가해하지 않았다. 나중에 의사가 보복하지 않은 점에 대해서 칭찬했고, 그 환자에게 나를 때린 이유를 물어보니 "무서워서 때렸다."라고 했다. 나는 그 당시에 고소하고 싶었지만, 아버지께서 합의하길 몇만 원의 액

스레이를 찍는 것으로 합의를 보았다.

폐쇄 병동에서는 아침 6시에 국민체조를 하고 아침 8시 즈음에 밥을 먹는다. 그리고 아침 9시 즈음에 의사와 전공의들이 우르르 몰려와서 사람들에게 상태가 어떤지 묻는다. 환자의 상태에 관해서 자료화하는 것 같은 느낌이었다. 다른 환자들은 일상적인 것이나 간단한 것을 물어서 간단하게 답변했지만, 나는 어렵게 이야기하려고 노력했다. 이유는 모르겠다. 어렵게 이야기하는 탓에 나에게 오는 질문들은 아픈 사람에게 묻기에는 평범하지는 않았다.

처음 입원했던 폐쇄 병동과는 뭔가 다르고, 입원하고 일주일도 채 되지 않아서 주기적으로 눈 당김이 있었기 때문에 이 점에 대해 의사에게 이야기해야겠다고 생각하여 병원 안에 있는 공중전화로 의사 진료실에 전화를 걸었다. 그런데 전화를 걸었을 때 간호사실에 있는 간호사가 어디에 전화를 거느냐고 물었다. 대답 없이 계속 전화했지만, 이내 의사에게 메모 전달만 부탁하고 끊었다.

"병원 환자에게 신경 좀 써주세요."

가족들이 면회하러 왔었다. 퇴원한 지 얼마 되지 않아서 그간의 상황과 상태에 대해서 의사와 같이 이야기를 나누었다. 퇴원을 앞둔 그때 나는 놀라운 이야기를 들었다. ○○○손해보험에서 나를 찾으며 법인 카드로 쓴 돈들에 대해 연락이 왔고 제2 금융권의 대출 업체에서도 연락이 왔다고 한다. 응급실 비용이 들었고, 병원 입원비가 200만 원이 들었고 카드값으로 200만 원, 대부업체 100만 원, 수습하는 데

내 마음속의 신을 움직이다 (神進行)

드는 비용으로 얼마 들어서 거의 천만 원 가까운 돈이 들었다는 것이었다. 누나들은 내 입원 소식을 듣고 병원비를 보내주며 많은 신경을 써주었고 걱정해 주었다고 이야기해 주었다.

2개월간의 병원 생활을 끝내고 집으로 돌아왔다. 2개월의 공백이 있고 오랜만에 누워 본 내 방의 침대. 기분이 묘하고 집이 아닌 다른 환경에 있는 것 같았다. 그래서 어색했고 힘들었다. 이후 지내다 보니 엄청난 문제에 직면했다. 바로 감정과 상태가 들쑥날쑥하다는 것이었다. 병원에서 나와 집에서 생활했을 때 이유 없이 울기를 반복했고, 이때도 두통과 몸살을 달고 다녔다. 어머니는 나를 달래기 위해 가까운 제빵 가게의 빙수를 먹자고 하거나 아버지와 같이 노래방에 가기도 했다.

2년간의 부작용과 한순간의 종점

약이 맞지 않아서 몇 번씩 재처방을 받기 일쑤였다. 재처방을 여러 번 받았지만, 나아지지 않았다. 재처방을 받은 어느 날이었다. 부산에 폭설이 왔다. 그래서 버스가 끊겨서 지하철로 ○○병원에 갔는데 지하철에 사람들이 많았다. 오랜 시간 동안 지하철을 타서 굉장히 현기증이 일어났고 체력 저하와 정신이 탁해졌다. 그렇게 되었어도 병원에 가서 약을 바꾸었다.

퇴원 후에 또 다른 문제가 발생하게 된다.
음식을 못 먹고 구토하는 일이 다반사로 일어나고 피곤하면 눈동자가 파르르 떨리며 동공이 위로 뜨게 된다. 그리고 TV나 컴퓨터도 2시간 이상 보게 되면 무조건 동공이 위로 떨리며 공포감에 시달리게 된다. 그 증상은 누워서 자지 않으면 해결되지 않는 증상이었고 눈동자를 진정시키기 위해서는 그 시간이 점심때였어도 무조건 자야만 했다.

둘째 누나 집이 있는 서울에 갔을 때의 일이다. 평일이었을 것이다. 근처에 마트가 있었는데 잘 돌아다니다가 눈이 심하게 떨려서 어찌할 수 없어서 마트 안에 있는 커피숍에서 음료를 주문하고 음료 안에 있는 얼음으로 눈 찜질을 했다. 그러나 눈 찜질이 효과가 없고 눈동자가 진정되지 않아서 아무것도 하지 못하고 발이 묶였던 적이 있었다. 다행히 누나와 자형이 차를 타고 와 주어 마트 근처에서 만나는 덕에 곤란함을 면할 수 있었다.

내 마음속의 신을 움직이다(神進行)

그때 증상이 나아지길 기다렸던 것 같은데 전혀 증상이 나아지지 않았다. 가라앉지도 않는 부작용으로 인해서 점점 희망이 없어져 갔다. 아무도 정상적으로 만날 수 없었고, 아무것도 하지 못하고 시간만 소비했다.

눈이 당겨서 일은 못 했지만, 바깥 활동은 하고 싶었다. 누나가 준 카메라로 행사장에서 사진사로 활동하거나 서울에 있는 누나 집을 찾아가거나 병원을 가거나 하면서 여러 군데를 돌아다녔다.

처음으로 행사장 사진사 이야기를 하자면, 행사장 같은 경우는 아침 10시에 나가면 오후 6시에 집으로 돌아오는 일이 생긴다. 집중해야 하는 일이기에 눈에 에너지를 많이 썼다. 항상 그렇듯이 오후 4시 전에 신호가 온다. 눈이 당긴다는 신호였다.

경우에 따라서는 사진사들이나 오래 알고 지내 온 사람들과 같이 식사하는 일이 생기는데 거절하지 못하고 같이 가면 100% 눈이 당겼다. 그래도 어색한 모습을 보이지 않기 위해서 노력하곤 했는데, 눈이 당겨서 눈을 감고 있으면 무언가 이야기를 걸어오면 눈이 당긴다고 이야기한 뒤에 마저 이야기하곤 했다.

눈이 당길 때마다 들리는 환청도 있었다. 무언가 지시하는 일들이 있었고 때로는 앞날을 예언하듯이 생각지도 못한 일들을 시켰다.

팀 촬영이 있던 날이었다. 3명으로 팀을 이루어 촬영하고 있었는데 다들 연락처를 교환했다. 저녁이 되어 연락처를 받아서 기록했는데 환청이 엉뚱한 이야기를 했다. "오늘 촬영했던 아이에게 친하게 지내자고 고백해 봐." 여기서 중요한 것은 나는 고백할 생각이 전혀 없었다. 그러나 환청은 "내가 알아서 100% 친하게 지낼 수 있게 할 테니 잘 해봐."라고 하는 것이었다. 그 순간에 나도 혹했는지 오늘 연락처를 받은 사람에게 카카오톡으로 친하게 지내자고 고백했다.

그런데 왜 그래야 하는지 의문에 휩싸였다. 상대방의 반응도 별로 시원치 않았고 친하게 지내는 방향으로 가지 않았다. "잘되어 가고 있어. 잘되어 가고 있어." 스스로 문장을 치는 내 환청은 저급한 말로 그 사람에게 접근했고, 마침내. 그 사람이 화를 냈다. 화를 내자마자 나는 급하게 사과 글을 썼다. 처음이자 마지막으로 내 의지와 상관없이 사람에게 추근댔던 일화이다. 이 일이 있고 나서는 다시는 환청이 시키는 대로 하지 말아야겠다고, 특히 취미와 관련해서는 냉정하게 판단하자는 마인드가 생겼다. 지금에서야 사과하지만, 환청에 다시 홀렸던 내가 아주 어리석었다. 한 번이어도 안 되지만, 이런 일은 한 번이면 족하다. 처음이자 마지막으로 이러했다고 고백한다.

지금도 그렇지만 촬영 도중에 눈이 당기고 환청이 들리면 아무런 손을 쓰지 못할 때가 많다. 무언가 말을 하려 노력하기도 하고 눈을 끔뻑이며 촬영이 끝나길 빌었다. 투병 중에 하는 촬영은 몸컨디션을 담보로 하는 것이었기에 모험이었다. 그래서 환청과 눈 당김이 일어날 것을 알고도 촬영을 했다. 내가 그나마 세상과 소통하는 통로였기 때문이다.

아무런 일도 하지 않았다면 시간에 대한 낭비였을 것이다.

내 마음속의 신을 움직이다(神進行)

눈 당김 현상을 가라앉히기 위해 냉 찜질팩을 사서 냉장고에 차갑게 넣어놓는다. 그러면 3시간 정도 경과하면 약간 회복된다. 아주 약간 회복되는 그 짬을 이용해서 다른 일을 보고 그런다. 눈이 당기면 무조건 자야 한다. 아무런 일도 할 수 없었던 그 날의 기억에 따르면 상태가 좋아지기를 기도했지만, 번번이 매일 같은 일만 되풀이되어서 거의 인생을 포기한 상태였다.

이러한 일들이 1년이 지나다 보니 아무것도 할 수 없었고 기본조차 되지 않아서 장애인 등록으로 미래를 대비하려 했다. 장시간 근로도, 단시간 근로도 불가능했기 때문에, 무언가를 생산할 수 없었다. 부모님께 아들이 빚만 안겨드리는 꼴이 된 것이다. 모든 것을 내려놓았다.

1년 반 동안 지속되었던 눈동자가 당기는 현상은 계속될수록 사회생활이나 다른 일에 대해서 희망을 잃게 했다. 아무것도 못 하고 죽을 것 같았다. 눈 당김이 심해서 희망도 없었고 증상이 있을 때는 누워만 있었다.

1년 반에 가까운 시간 동안 아무것도 할 수 없다는 것을 느꼈고 부작용이 줄지 않음에 ○○병원을 굉장히 원망했다. 처음에 입원했던 병원은 눈 당김 부작용이 없었는데 대학 병원에서 받은 치료는 없어지지 않고 지속되었다. 그래서 할 수 없이 어딘가에 의지하고 싶었다. 그리고 무언가 대비를 해야 할 것 같았다.

그래서 장애인 신청을 준비했다. 장애인 준비를 위해 대학 병원에서 기록지를 복사하여 관련 기관에 제출했다. 가족들은 우려했지만, 어쩔 수 없는 선택이었다. 미래가 없었다. 나는 아무것도 못 했다. 나약한 게 아니고 흐름이 그러했다. 몸이 아프고 현기증이 나고 눈 당김이 있기에 아무것도 못 했다. 내가 잘 알고 있었다. 내 몸이었으니 말이다.

기다려보니 우편으로 답장이 왔는데 장애 판정을 받게 되었다. 사실 눈 당김 부작용만 없으면 어떻게든 살 수 있을 거라 생각했는데 어쩔 수 없었다. 그렇게 나는 공식적으로 장애인이 되었다.

○○병원에서는 구마다 있는 정신건강증진센터를 추천해주었다. 그곳에서 각각의 증상을 가진 사람들을 만났고 사례를 관리했다. 지금 확인해 보니 상담지에 "죽고 싶다."라는 표현을 했다고 쓰여 있었다. 항상 무조건 걸으면 현기증과 눈 당김이 왔기에 하루하루가 고통이었다.

모든 것을 내려놓고 보니 병원에 다니는 것이 고통이었다. 너무 멀었고 약도 툭 하면 현기증에 눈 당김 현상이 하루에 한 번 이상 길게 나타났으니, 진전없는 치료에 대학 병원 교수에게 개선을 바랐지만 개선되지 않았고, 장기간 지속되자 나는 원망의 편지를 써서 읽어 주기도 했다. 개선해달라고 이야기해도 효과가 없었다.

아무래도 1년 반 이상 엄청나게 고생했음에도 차도가 없고 비싸기만 해서, 일반 신경정신과 병원에 가서 치료받기를 원했다. 다 정리할 생각이었다. 처음에 병을 판정받은 병원으로 병원을 옮겼다.

다시 ○○○신경정신과로 갔다. 사연 이야기를 하니 박 원장님은 치료를 흔쾌히 해 주시겠다고 했다. 그러나 나는 부정적인 말을 쏟아냈

내 마음속의 신을 움직이다(神進行)

다. "잘되지 않을 거야.", "낫지 않을 거야." 처음 처방받은 약은 어지럼증을 유발했다. 계속 처방을 바꾸었다.

어느 날 처방을 바꾸고 있었는데 이번에도 나는 "잘 되지 않을거야." 라고 이야기했다. 그랬더니 박 원장님이 "만약 이상이 있으면 책임지겠다."라고 하셨다. 그때 생각으로는 이 사람이 무슨 자신감으로 이렇게 이야기하는지 궁금했다. 조제해 주신 약을 먹고 어느 정도 걸었다. 그런데 신기한 일이 일어났다. 원래는 머리를 흔들거나 균형을 잃거나 하면 현기증이 났는데 현기증이 나지 않는 것이었다. 그리고 많이 걸었을 때 나타나던 눈 당김 현상이 나타나지 않았다.

그런 행동을 하고도 멀쩡했다는 게 기적 같았다. 아니, 기적이었다. 그러한 기적으로 나는 평소에는 해 보지 못했던 일들을 해 보았다. TV를 2시간 이상 보고 컴퓨터를 2시간 이상 해 보았고, 대학 병원 약의 눈 당김 부작용 때문에 밤에는 나갈 수 없었는데 바깥으로 나가보았다. 2주에 3회나 4회 정도는 눈 당김이 있었지만, 과거보다는 좋아진 것을 느꼈다. 박 원장님이 조절한 약이 부작용을 감소시키는 역할을 했다.

부작용에 시달려서 아무것도 못 하는 장애인에게 기적이 일어난 것이었다. 처음 병원에서 통원 치료를 받으면서 제법 먼 거리를 걸어도 부작용이 일어나지 않고 괜찮아진 것에 탄력을 받아서 등산을 했다. 가뿐하게 20kg 정도를 감량했다.

일자리 사업 참가

몇 개월 후 거의 회복이 이루어졌을 때 컨디션도 괜찮은 것 같아서 직업을 가져야겠다고 생각했다. 초반에는 쉬운 일부터 시작했다. 그때는 연말이었다. 쉬운 일을 찾아보니 구청에서 주관하는 일자리 복지 사업의 복지 일자리로 장애인 협회에 근무를 알선받았다. 처음 갔을 때는 무엇을 시킬지 몰랐는데, 잡무를 시켰고, 나머지 2명의 아저씨들과 같이 일했다. 담당 구역을 나누어 주었는데 나는 작업장을 청소하게 되었고 한 사람은 사무실, 한 사람은 화장실을 청소하기로 했다. 내 쪽은 청소할 때마다 사람들과 부딪히는 일이 다반사였기에 청소할 때 친절한 마인드로 청소하려고 노력했다. 얼마간 일하니 근로자분들이 눈에 익어 기분 좋은 분위기에서 일할 수 있었다.

그렇게 일하고 월급은 30만 원 선이었다. 차비로 절반 정도가 빠졌지만, 재활 치료를 한다는 생각으로 일해야 했다. 정식으로 직장에 다닌 게 아니었기에 그랬다. 사무실 일을 마치면 같이 일하는 아저씨들과 방향이 같아서 일정 거리 동안은 같이 걸어갔다. 한 번씩 야쿠르트 아줌마를 만나면 발효유를 사 드리며 이야기를 이어나가기도 했다. 주로 이야기하는 것은 집값, 경제 상황, 청소, 날씨, 가정상황 등에 관한 이야기였다.

한 번은 일터 근처에 오일장이 섰다. 청소가 끝날 때 즈음에 열리는 오일장이었기에 3명의 아저씨와 오일장 음식을 파는 곳에서 동동주

내 마음속의 신을 움직이다(神進行)

한잔을 했다. 노동을 어느 정도 한 뒤에 먹는 막걸리 맛은 환상적이었다. 소피나 파전이나 두루치기 같은 것도 먹었다. 계산은 오일장이 들어서는 날마다 사 먹었으니 돌아가면서 했다. 그때는 지금의 카드빚이나 제한된 일들이 없었기에 마음이 편했고 소박한 즐거움을 누렸다.

1년간의 복지 일자리가 끝나서 구직 활동을 계속했다. 비록 구청 일자리 사업 직장이었지만 일에 대해 약간의 자신감이 붙었다. 인터넷 검색을 하는 도중에 눈에 들어온 업체가 ○○냉장이었다. 그곳에서 사람을 모집하고 있었다. 소개하는 기업의 일거리인 아웃소싱이었지만 급여 수준은 괜찮았다. 주로 하는 일은 냉동한 참치의 내장이나 기름을 망치로 제거하고 다듬는 일이었다. 솔직히 지금 보기에는 난이도가 굉장히 높은 일이었는데 그때만 해도 지푸라기를 잡는 심정으로 지원했다. 무엇이든지 할 수 있을 것만 같았다.

○○냉장에 이력서를 내고 며칠 후부터 근무에 들어갔다. 집에서 오전 7시에 나가야 도착할 수 있는 곳이었다. ○○냉장에서 첫 근무는 꽁꽁 냉동된 참치의 내장이나 기름을 망치로 제거하고 다듬는 일이었다. 같이 일하는 여사님이 계셨는데 일하는 속도가 느리다고 하셨다. 처음 일하는 거라 느릴 수도 있을 것이다. 주변에 도구들은 기계칼을 쓰는 일이 많아서 잘못하다가는 베일 수 있다. 움직이다가 나도 베였는데 옷감이 다 분해되었다. 듣기로는 이 직업에 지원한 사람의 대부분이 하루 이틀 정도만 일하고 다 그만둔다는 것이었다.

그럴만 하다고 생각했다. 참으로 고된 일들이었기 때문이다. 그러나 나는 지푸라기라도 잡고 싶었기에 이 일을 계속하겠다고 생각했다.

5일을 잘 버티다가 금요일이 되었다.

작업장에 가기 위해서 옷을 챙겨 입고 소독하고 들어갔는데 내가 일하는 작업장이 일을 하지 않았다. 어리둥절하여 사람이 있는 곳으로 갔는데 이번엔 200L짜리 냉장고만 한 참치 뼈를 내 손보다 더 큰 쇠칼로 분해하는 일을 주었다. 한 번도 해 보지 않아서 버벅댔는데 뒤에서 작업하던 작업자가 제대로 하지 못한다고 몸을 여러 번 때리며 혼을 냈다. 몇 분 정도 하다 보니 손에 힘이 들어가지 않았다. 내 모습이 답답해 보였는지 옆의 외국인 노동자가 설명을 해주었는데 하나도 못 알아들었다. 그래서 참치 뼈 제거 이외에 바닥 청소를 했다. 한 30분 하니 또 꾸중을 들었다. 나중엔 정신이 나가기 시작했다.

점심시간이 다 되어서 결심을 했다.

사무실에 가서 인사 담당자를 찾았다. 계시지 않아서 두 번 방문해서 극적으로 만났다. 그 인사 담당자를 보자마자 울먹이며 이야기했다. "저는 장애인인데 너무 일이 힘들어요. 어렵지 않은 일을 하고 싶습니다."라고 했다. 그렇게 이야기하니 잠시 어디론가 가더니 다시 이야기했다. 참치 공장 옆에 새로 신설하는 연어 공장이 있다고 했다. 그곳의 잡무를 맡겼다. 그렇게 듣고 연어 공장에 가서 청소를 시작했다. 청소하다가 같이 잡무를 하는 아저씨를 만났는데 나에게 호의적으로 대해 주셨다. 쉬는 요령에 대해서도 언급해 주셨다. 참치 공장보다 몇 배는 쉬운 일이었다.

그렇게 나는 연어 공장에서 일할 수 있을 줄 알았다. 그러나 주말이 지나고 다음날에 인사 담당자가 다시 찾아왔다. "회의를 통해서 고민

내 마음속의 신을 움직이다(神進行)

해 본 끝에 장애인은 이 일을 하기에 적합지 않다고 결정했습니다."라고 하셨다. 그리하여 연어 공장에서, 아니, ○○냉장에서 완전히 잘리게 되었다. 사실 장애인이라는 사실을 적는 칸도 없었고 알릴 이유도 없었기에 근무가 가능할 줄 알았다. 그렇게 ○○냉장에서 퇴사 요구를 받고 퇴사했다.

 일자리 구하는 일을 계속했는데, 어느 콜센터 전문 업체에서 교육을 통해 사람을 선별하는 프로그램이 있었다. 교육을 받고 일해야 한다는 생각이 있어서 교육 신청을 했다. 정관에 있는 장애인 직업전문학교에서 교육을 받았다. 1개월 교육과정이었는데 나는 숙식 신청을 했다. 집이 멀기도 했고 차비를 아끼고 싶었다. 그리고 1일 교육비로 2만 원 즈음을 받았던 것으로 기억난다.

 교육이 끝나고 면접에서 최종적으로 떨어졌다. 붙을 줄 알았는데 면접관이 보기에는 자신감이 없었나 보다.

어울림 합창단

복지 일자리를 갖기 전부터 시간이 많이 남게 되었을 때, 나는 글쓰기와 정신건강증진센터 같은 곳을 전전했다. 가끔 촬영도 했다. 그렇지만 내 인생에 특별한 일이 있었는데 바로 장애인 어울림 합창단 참여였다. 참가할 수 있었던 이유는 다음과 같았다.

같은 센터에 다니는 2살 많은 형이 합창단에 다니고 있다고 이야기했기에 나도 한번 수업을 받아 보고 싶었고, 참가해 보고 싶었다. 마침 합창단에서 단원을 모집하고 있었고, 노사연의 〈만남〉을 부르는 것으로 테스트하게 되었다. 〈만남〉의 음은 알고 있었지만, 가사는 모르고 있어서 가사와 분위기를 알기 위해서 MP3에 〈만남〉을 넣어놓고 무한 반복해서 들으며 노래를 불렀다.

합창단 오디션이 있던 날, 합창단을 소개해 준 형과 같이 지하철 1호선을 타고 부산대역으로 갔다. 부산대역으로 가서 10분 넘게 걸었다. 부산대는 가본 적이 별로 없어서 익숙하지는 않았다. 도착한 합창단에는 많은 사람이 있었다. 약 20여 명의 사람이 있었다. 분위기는 화기애애했으며 굉장히 무언가 자신에 차 있었다. 오후 3시가 되었을 때 합창단 실장님이 올라오셔서 간단히 인사드렸다. 반주자 선생님도 계셨다. 반갑게 인사했다.

좀 있다가 지휘자 선생님이 오셨는데 반갑게 맞이해 주셨다. 인상에

내 마음속의 신을 움직이다(神進行)

대해서는 생각지 않았지만, 합창단원들에게 농담하셨는데 그 농담으로 좋은 분위가 됐다.

시간이 조금 지나자 오디션을 시작했고 노사연의 〈만남〉을 불렀는데, 반주자 선생님께서 피아노로 키를 잡으셨다. 피아노로 키를 잡으셨는데 나는 노래 원곡의 키로 〈만남〉을 불렀다. 결과는 좋았으며 그렇게 나는 어울림 합창단에 입부했다.

스크랩된 악보를 보며 노래를 불렀는데 우리에게 친근한 가곡이나 동요 쪽을 불렀다. 처음에 시작했을 때 지휘자 선생님의 지휘를 보며 리듬을 탔는데, 처음에는 음정과 박자가 맞지 않아서 몇 번이고 지휘자 선생님의 이야기를 들으면서 개선해 나갔다. 그 작업은 꽤 괜찮은 결과를 내게 되었고 많은 사람의 합창이 곧 아름다운 어울림이었다.

중간에 랜덤으로 개인 합창을 시켰다. 개인 합창에서 능숙한 사람은 능숙했으며 박자가 어눌한 사람도 있었다. 각각 다 달랐다. 합창으로 어울림을 실천하는 모습을 보니 합창은 내게 있어서 새로운 세상과의 연결고리였다. 남자 파트와 여자 파트를 나누어서 부르기도 했다. 다들 지휘자 선생님의 지휘하시는 손짓을 보고 어떻게 불러야 할지 이해했다. 그리고 소리를 크게 냈다.

50분 정도 지나니 합창단에서 간식거리를 주었다. 간식거리는 빵이나 떡, 토스트 같은 것 중에서 하나를 주셨고 음료는 종이컵으로 부어서 마셨다. 휴식 시간 같았던 합창단의 간식 시간, 다들 기다리는 시간이었다.

합창단의 합창곡들은 목표가 있었다. 정기 연주회나 행사를 위해서 부르는 경우가 대부분이었다. 들어본 바로는 합창단은 서울의 합창 대회 참가나 일본의 합창 교류 같은 굵직한 일들을 거쳤다고 한다. 거치면서 드는 비용은 후원이나 어울림 합창단을 도와주는 기관에서 내주기도 한다고 했다.

첫 합창을 마치고 난 뒤로는 계속 합창단 합창에 참여했다.

그러던 어느 날이었다.

가을 즈음에 정기 연주회를 한다고 했다. 처음에는 연주회의 뜻을 악기 연주로 생각했지만, 합창단원들의 목소리가 악기였다. 지휘자 선생님이 독창을 하고 싶어하는 단원을 모집했다. 선뜻 나오지 않았다. 그때 내가 독창에 참가해 보고 싶어서 손을 번쩍 들었다. 처음으로 무대에 설 기회가 온 것이었다. 독창곡은 〈노을 지는 풍경〉을 부르기로 했다.

따로 연습하는 시간을 가졌지만, 생각만큼 성과가 잘 나오지 않았다. 폐활량이나 노래의 호흡이 끊겨서 중간에 끊기는 일들이 있었다. 그리고 지휘자 선생님의 지휘에도 잘 따르지 못했다. 처음이기에 그럴 수 있겠거니 했지만, 조금의 향상도 기대하기 어려웠다.

단체 곡으로 연습할 때도 반주자 선생님의 피아노 반주에 맞춰서 신나게 노래를 불렀다. 어느 정도 부르니 리듬이 느껴져서 손이 저절로 리듬을 탔다. 그걸 보시더니 "나중에 신진행이 지휘를 할 수 있을지도 모른다."라고 말씀하셔서 까르르 웃었던 기억이 난다.

합창 당일에는 부산시민회관 소강당에서 합창 무대를 진행하기로 했다. 합창 리허설이 있었을 때는 지휘자 선생님께서 예민하셨던 것으로 기억한다. 지휘자 선생님은 오랫동안 지휘를 맡아오셨기에 합창 리허설에 촉각이 곤두서셨다. 합창 리허설이 끝나고 나서는 합창복으로 갈아입었다. 옷을 빌렸고 구두도 신고 화장도 했다. 남자 합창단원들은 얼굴에 BB 크림만 바르는 간단한 화장을 했다.

시간이 지날수록 다들 긴장했지만, 합창단원들은 웃음을 잃지 않았다. 진행자가 진행을 시작하고 박수 소리가 들릴 때 마침 나와서 처음으로 합창단원들이 준비했다. 지휘자 선생님의 눈으로 반주자 선생님에게 신호를 보내고 연주와 함께 합창이 시작되었다.

"저 산과 들이 달린다. 다~아! 달린다. 길~ 가!에 전봇대도 달~리고 시골집! 도 달~린다!"

지휘자 선생님의 표정이 밝다. 밝은 표정으로 긴장된 순간에서 한결 부드러운 진행으로 나아갔다. 곧이어 몇 곡을 더 부르고 독창을 준비하는 단원들이 독창을 했다. 첫 무대는 합창단 1기 때부터 했던 단원이었는데 진짜 소프라노처럼 노래를 깊게 표현하고 잘 불렀다. 다음으로 내 차례가 되었는데 〈노을 지는 풍경〉을 불렀다. 불렀을 때는 긴장했지만, 지휘자 선생님이 나에게 이 노래를 맡기는 듯이 지휘를 멈추고 자유롭게 부를 수 있도록 해 주셨다.

긴장했던 순간이 끝났을 때, 마음은 후련했다. 후련한 마음을 가지고 다음 합창을 준비하게 되었다. 내 합창의 지휘자 선생님의 평으로는 "많이 아쉬웠다."라고 하셨다. 처음이었고 아마추어였기에 부족하지 않았는지 생각하게 되었다.

그리고 1년 뒤에 정기 연주회 때에도 나는 독창을 했다.

독창곡은 〈돌아오라 소렌토〉를 했다. 매력적인 노래인 〈돌아오라 소렌토〉에서는 무언가를 보여주기 위해서 성대를 매우 떨었다. 그 점에 대해서는 편하게 부르기를 지도해 주셨지만, 정기 연주회에서 편하게 부르지는 못했다. 〈돌아오라 소렌토〉는 한이 서린 목소리로 불렀다. 합창은 매우 잘되었으며 그걸 계기로 노래에 대한 성숙도가 일어났다.

2년 차 합창단원이 되었을 때, 장애인고용공단의 알선으로 나는 어느 패스트푸드점에 채용되었고, 더 이상 합창을 할 수 없을 것 같아서 합창단원을 그만두었다.

그리고 최근에서야 알았는데 어울림 합창단은 사정에 의해 운영하지 않게 되었다고 한다.

지금 되돌아보면 그때 그 시간은 내가 예술에 대한 가르침을 얻고 기술에 대한 끼를 드러냈던 시간이 아니었나 싶다. 가곡에 매력을 느끼고 정식으로 음악을 제대로 했던 순간이었기에 그때 보낸 시간들을 잊지 못할 것이다.

내 마음속의 신을 움직이다(神進行)

취미로 자리 잡은 DSLR 카메라

어느 날 꿈을 꾸었다.

카메라가 보이고 카메라 안에 끝없이 장착된 카메라 배터리 수십 개를 보는 꿈을 여러 번 꾸게 된다. 대학생 때 카메라로 코믹월드에 갔던 때를 생각나게 했다. 그래서 교육받은 훈련비로 카메라를 사게 된다. 그리고 코믹월드에 촬영을 나가게 된다. 사진은 그다지 잘 찍는 편이 아니었기에 결과물도 무난했다. 그러나 DSLR 보급기를 쓸 때는 사진사가 많이 없었고 기종도 한정적이었기에 개인 촬영 섭외가 들어오는 일이 생기게 된다.

2011년에 캐논 보급기로 사진사 생활을 시작한다. 물론 아무 지식도 없는 상태에서 촬영을 시작했다. 그때는 초점 잡는 법도 몰랐고 화이트밸런스와 ISO나 셔터 스피드, 조리개에 대한 개념이 없었다. 그냥 TV 모드나 P 모드나 Av 모드같이 카메라 일부 설정값을 정해놓고 그걸 바탕으로 촬영했다. 사진을 찍으면 흐릿한 경우가 종종 있었는데 핀이 나간 줄 알고 사진기를 탓했다.

엉터리 촬영을 해도 촬영 문의가 간간히 들어와서 촬영을 계속했다. 품질 문제가 카메라에 원인이 있나 싶어서 화술로 때우려고 시도하게 된다. 그렇게 엉터리 사진사 활동을 하다가 2016년도에 어긋난 화술로 뒤통수를 맞게 된다. 그 뒤통수로 인해 일이나 사진 촬영을 할 수 없게 되었다. 개인적인 이야기라 이 책에서 하지 않겠지만 그때부터 카메라와 품질에 신경 쓰게 되었다. 뒤통수를 맞고 3개월 뒤에 5D Mark 3 사진기를 사서 본격적인 사진 생활을 하기 시작했다. 이때는 초점 잡는 법도 익히고 찍는 방법을 아는 사진사가 되었다.

5D Mark 3를 사고 난 몇 개월 뒤에 5D Mark 4가 나오게 된다. 그래서 기존의 카메라를 팔아버리고 5D Mark 4를 사게 된다. 그러면서 사진사로서 두각을 나타나게 된다. 그래서 개인 촬영 의뢰도 잘 들어오고 사람들과 관계도 돈독하게 맺게 된다. 솔직히 병원에서 먹는 약이 절제와 냉정한 판단을 하게 만들기에 별일 없이 촬영을 했다. 사진 촬영과 대인관계는 개별적인 것으로 판단하고 실수를 저지르지 않고 조심했다.

5D Mark 4로 3년 동안 촬영했다. 2018년 총 촬영 횟수를 세어보니 약 130회 정도 촬영했다. 이렇게 10년간 카메라를 바꾸며 촬영한 사진만 약 18만 장이고 포토 북을 3권 제작하는 일을 벌이게 된다. 지금은 캐논 카메라에 대해 간단히 답할 수 있는 수준까지 이르렀다. 처음에는 아무것도 기댈 곳이 없었던 내가 사진사 취미로 유일하게 세상과 이야기를 나누고 인정을 받고 있다. 사진 취미를 함께해 준 사람들에게 너무 감사하다고 이야기하고 싶다.

촬영으로 만났던 이들은 다른 의사소통으로 내 안의 미성숙한 마음을 자라게 해 주었고 사진사 역할이 잘 맞아서 지금까지 주위에 사람이 없어도 이 취미로 외롭지 않게 살았다고 생각한다.

2006년도에 촬영한 사진 기록이 있는 것으로 보아서는 사진 촬영

내 마음속의 신을 움직이다(神進行)

취미는 그때부터 시작한 것으로 추측한다. DSLR을 구입하고 촬영한 해를 보면 2011년도부터이기 때문에 본격적인 촬영은 2011년부터였다. 그러나 내 인생에서 촬영 취미가 꽃을 피웠던 시기는 2016년에 '5D MARK' 시리즈를 만나고부터 시작되었다. 2011년도를 시작점으로 보았을 때 지금이 2020년도니 약 9년째에 접어드는 취미이다. 좋은 일도 많이 일어났지만, 안 좋은 일이나 누군가가 내게서 등을 돌리는 일이나 개인적인 만남, 사연 같은 일들도 많이 있었다. 내 개인적인 사건이 드러나는 일 이외의 사건들은 쓰지 않겠다. 글은 평생 남는 것이기에 쓸 내용만 쓰겠다.

사진사를 하면서 기다림에 익숙해졌다. 초면에 지각하는 사람들은 거의 없다. 그러나 대부분 한 번 이상 촬영에 익숙해지면 기다림이 가끔 생긴다. 한 번씩 기다리는 일들은 인내를 요하게 되고 어느샌가 인내를 요하는 나 자신을 발견하게 된다.

어느 비 오는 여름이었다. 스튜디오 촬영이 있었던 날인데, 장소가 부산이 아닌 다른 지방이고 태풍이 오는 바람에 약속한 스튜디오에 2시간 일찍 갔었다. 안면이 있던 사장님이 반갑게 맞이해주셨고 그간 있었던 일들이나 안부를 묻는 시간을 가졌다. 개인적인 이야기들을 하며 보냈던 시간이었다.

비는 하염없이 내리고 1시간이 지났다. 약속했던 사람과 연락이 되지 않고 비는 계속 왔다. 약속 시각이 다가오는데도 오지 않는 코스플레이어였다.

이럴 때면 나만의 방법, 마인드가 있다. '이곳에 나는 여행하러 온 것이야!'라는 생각으로 합리화하는 것이다. '이곳은 즐기기 위해서 온 것이야!' 그런 생각을 하면 스스로 약간 위로가 되면서 더 기다릴 수 있는 인내가 생긴다. 연락이 닿고 태풍으로 늦어졌다고 했을 때는 이미 2시간이 지나 있었다. 그러면 아무렇지 않게 코스 플레이어를 맞이한다. 그리고 준비를 부탁한다. 다시 준비하는 데 1시간이 걸리면 결국 5시간을 기다리고, 촬영은 2시간 정도 하고 끝을 내게 된다. 물론 지각을 탓하거나 하지는 않는다. 취미라는 틀로 합리화하며 이해한다.

먼 곳에서 촬영하는 일이 있어서 준비를 제법 해서 기다렸던 때의 일이다. 야외였는데 햇볕이 따갑고 지루했다. 그럴 때면 긴 의자를 찾아서 그 위에 음악을 들으면서 눕는다. 누워서 음악을 들으며 졸아 본다. 조는 맛으로 의자에 눕는데 내 몸은 전신으로 비타민 D를 먹는다.

1시간이 지나고 2시간쯤 기다릴 때였다. 기분이 별로 좋지 않았는지 2시간이 지날 즈음에 문자 메시지 창에다가 이렇게 적었다.

"조금 있으면 2시간 30분이 지납니다. 3시간이 지나도 안 오시면 파기하도록 하겠습니다." 그런 문자를 작성해 놓는다. 그리고 보내기 버튼을 누르지 않고 고민하고 고민하다가 2시간 30분 즈음이 될 때까지 기다린다.

그때 도착 직전이라는 연락을 받고 그 문자를 지우고 조금 더 기다린다. 만나면 아무런 티를 내지 않고 맞이하며 준비를 부탁한다. 이렇

내 마음속의 신을 움직이다(神進行)

게 촬영 준비와 마인드 컨트롤을 하며 촬영을 한다. 기다림에 어느 정도 익숙해진 것이 사진사를 하면서 나에게 생긴 장점이다.

행사가 있는 경우에는 예약을 받는다. 이제는 지나가는 사람들을 찍기가 어렵다. 그래서 예약을 받는다. 기본 30분부터 1시간까지 받는데 이것도 시간의 절반을 기다리면 가차 없이 파기 통보를 한다. 뒤 타임 촬영을 준비해야 하기 때문이다. 기다림은 늘 새롭고 고단하다.

촬영이 끝나고 집에 오면 사진을 프로그램으로 추출한다. 사진을 SNS로 업로드하면 계정으로 태그를 부탁드린다. 내가 직접 내 계정에 사진을 올리는 게 아니고 촬영받고 메일로 사진 받으신 분이 SNS에 사진을 올리면 나는 그 사진을 리트윗해서 내 계정으로 가져온다.

세월이 지나면서 약간씩 바뀌는 것 같다. 세월 앞에 장사 없다는 이야기다. 무언가가 내 안에 적립되는 것 같기도 하다. 이 일을 하면서 제일 중요한 마음가짐은 사진 촬영은 100% 취미 생활이라는 것을 인지한다는 것이다. 취미이기에 재미있어야 하고 취미이기에 나쁘더라도 감내해야 한다. 그래서 지각이나 기분이 상해도 상대를 탓하지 않는다.

두 번째는 남녀노소를 가리지 않는다는 것이다. 나도 취미지만, 어찌 보면 상대방도 취미다. 존중해야 한다. 비용 문제가 발생하면 웬만하면 내가 부담한다. N 분의 1을 할 수 있어야 하고 차별이 없어야 한다. 사진으로 즐거움을 주는 일도 해야 한다.

마지막 마음가짐은 촬영에 책임을 져야 한다는 것이다. 끝까지 내 촬영에 책임지고 임해야 한다. 그렇기 때문에 촬영에서 기분이 나쁘다고 대충하는 것은 없어야 한다. 기분이 나빠도 일정 수준까지 채우고 내 역할이 끝났을 때 등을 돌려서 내 갈 길을 가는 것이다. 마침표를 찍었을 때 비로소 끝난 것이다.

이처럼 처음 촬영할 때보다 내 마음가짐이 많이 변했다. 그렇지만 내 촬영 방식과 안 맞는 사람들도 있다. 그럴 경우에는 속으로 생각하고 잊어버린다. 이 촬영은 100% 취미라는 것을 명심해야 한다. 작은 일은 넘어간다.

비용 문제는 거의 내가 부담하는 편이다. 택시 비용이나 식사비 같은 일은 거의 다 내가 내는 편이다. 촬영하는 대부분의 사람이 20대 전후의 사람들이기에 가진 돈이 적을 수 있다. 나는 돈을 다루어 본 사람이니 내가 쓰는 편이 쉽지 않나 생각하여 내가 돈을 쓴다. N 분의 1로 나누자고 해도 기꺼이 한다.

촬영을 통해 여러 곳을 가게 된다. 대개 다음과 같다.

부산 인근 - 거의 올림픽공원이나 스튜디오로 간다.
김해 - 무조건 김해박물관으로 간다
창원 - 올림픽공원 쪽으로 간다.
마산 - 좀 떨어진 곳에 해양 세트장이 있다.
기장 - 죽성성당을 많이 가거나 아홉산 숲 쪽을 간다.
경주 - 안압지 쪽을 가거나 경주 왕릉의 구석으로 간다.
대구 - 스튜디오 쪽을 많이 간다.

내 마음속의 신을 움직이다(神進行)

포항 - 촬영하려는 사람이 포항에서 찍고자 하면 간다.

합천 - 합천 테마파크에 간다.

대전 - 한밭수목원 쪽으로 간다.

목포 - 어느 해수욕장에서 촬영해본 적이 있다.

서울 - 100% 스튜디오 개인 촬영으로 간다.

촬영으로 한 번 이상은 다 가보았다.

직업학교

취업이 되지 않자 장애인 전형으로 취업이 될 만한 곳을 찾았다. 찾다 보니 콜센터 장애인 직원 채용이 있었다. ○○○○통신이라는 회사였다. 면접을 보고 나서 콜센터 교육을 직업학교에서 받으라고 했다. 3명의 중년의 여성분들과 한 명의 남자인 내가 같이 장애인 콜센터 직업학교 수업을 들었다. 한 달짜리 수업이었고 하루에 2만 원의 수당을 지급했다.

콜센터 수업이기에 여러 가지 과제들이 있었는데 하나씩 수행해 보니 재미는 없고 어려웠다. 담당으로 있는 수업과는 관계없는 나의 담당 선생님들은 따뜻하게 맞이하기보다는 동네 형 같은 말투로 사람들을 대했다. 존중보다는 학생으로 봤다. 그게 잘 대하는 것인지는 모르겠지만, 지금 생각했다면 편하게 사람을 대했으리라는 생각이 든다.

기숙 생활을 했다. 처음으로 집에서 며칠 동안 떨어져 지내보았다. 약간 밖에서 길게 기숙해 보니 집이 그리웠다. 시설은 괜찮았지만 힘들었던 적도 많았다.

거기에 있는 사람들과 친해지기가 어려웠다. 같은 장애인이라고 부정적인 말을 일삼는 사람도 있었고 아무 말도 하지 않는 장애인도 있었다. 여러 형태의 사람들이 공존했다.

훈련이 끝났을 때였다.

처음 갔던 ○○은행 콜센터 면접에서는 4명이 면접을 보았는데 2명이 합격했다. 바깥에서는 수많은 상담원이 벌집 같은 사무실에서 전화를 받고 있었다. 전화를 받으면서 그들은 무엇을 하고 있는지는 잘 몰랐지만, 내가 보기에는 ○○은행을 위해서 노력하는 사람들이라고 생각했다.

이윤 추구라는 것은 그렇게 이루어지는 것 같았다.

나중에 바깥에 나와서 3명의 누님과 같이 막걸릿집에서 막걸리 한 잔을 했다. 한잔하니 기분이 풀리고 좋았다. 계산도 해주셔서 기쁘게 마시고 돌아왔다.

2번째로 ○○통신회사의 상담원 면접을 보았다. 거기서도 면접이 부자연스러웠는지 면접에서 다시 탈락했다. 학교에서는 내가 아직 준비가 안 되었다고 야기하며 다음에는 더욱더 좋은 곳에 붙으리라는 이야기를 해주셨다.

생각해 보니 그때는 콜센터는 적성에 안 맞으리라 생각하고 겁을 냈지만, 지금 나는 민원 전화를 돌려받는 것이 밥 먹는 것처럼 편하다.

그때는 자신감이 없었을 뿐이었다는 것을 지금에서야 느낀다.

패스트푸드점 근로

동전 교환 에피소드

아침 10시에 출근해서 저녁 6시에 마쳤던 직장이었다. 딜리버리(배달) 매출이 1등인 매장이었다. 사례 몇 가지를 소개한다.

아침 10시에 출근했는데 카운터에 동전이 없었다. 나에게 점장님이 급하게 동전을 바꿔오라고 하셨다. 근처에 ○○은행이 있는데 거기서 동전을 바꿔오라고 하셨다. 그래서 겉옷만 입고 동전을 바꾸러 ○○은행에 갔다. 은행 직원에게 동전을 바꿔 달라고 이야기하니 어디론가 가더니 잠시 뒤에 와서 이야기했다.

"동전 교환은 안 됩니다."

교환을 안 해준다고 못을 박았다. 그래서 알겠다고 하고 해당 담당자의 명함을 요구했다. 왠지 명함을 받아 나와야 대응할 수 있고 추궁당하지 않을 것 같아서 받았다. 나오고 나니 왠지 동전 교환을 꼭 해야 할 것 같아서 근처에 있는 은행들을 생각했다. 그러나 근처 은행들은 너무 멀었고 게다가 교통카드와 핸드폰을 들고 오지 않았다. 아무것도 없는 상태에서 떠오른 것은 ○○대학교에 내에 있는 우체국이었다. ○○은행에서 대학교 우체국까지 걸어 올라갔다. 힘들고 땀이 났지만, 우여곡절 끝에 우체국에 도착했다. 그러나 우체국은 동전 바꾸는

내 마음속의 신을 움직이다(神進行)

업무를 하지 않는다고 했다. 그래서 대처할 방법을 물으니 대학교 ○○건물에 ○○은행 영업소가 있다고 하셨다. 감사의 인사를 하고 ○○은행에 갔다. 숨 가쁘게 갔다. ○○은행 영업소는 고맙게도 동전을 바꾸어 주었다.

동전 교환이 끝나자 ○○은행이 셔터를 내리고 점심시간에 들어갔다. 간발의 차이었다. 복귀했을 때 점장이 심각한 표정으로 어디 갔다 왔냐고 물어보았다. 그래서 동전 바꾼 일들을 이야기하니 놀라셨다. 그리고 칭찬해 주셨다. 손님이 많았고 동전이 없었던 그때 내 노력이 빛을 보았다.

쓰레기 밟기

쓰레기 압축 기계가 매장마다 있는데 우리 매장은 오래되고 협소하여 그런 게 없어서 분리수거를 해 줄 사람들을 고용해서 쓰레기를 분리 배출했다. 그런데 점검이 나왔을 때 그 점을 지적받아서 쓰레기 분리를 다른 방식으로 해결해야 했다. 100L짜리 종량제 봉투에 쓰레기 분리한 것을 넣어서 길가의 전봇대 앞에 놔두면 가져간다. 체중을 실어서 100L짜리 봉투를 밟으면 쌓인 쓰레기가 쑥쑥 내려간다. 조금이라도 더 넣기 위해 있는 힘껏 밟는다. 그렇게 1년을 했다.

경남 딜리버리 1등 매장과 맞은편 패스트푸드점이 망하는 일들을 겪은 지 얼마 되지 않았을 때의 일이다. 본사 3위의 영향력을 가진 임원급 인물이 우리 매장을 시찰하러 오신다고 했다. 시찰하러 온다는 이야기에 매장에서 난리가 일어났다. 집기나 청소, 바깥 유리창, 로고

와 간판을 돈을 들여서 업자들에게 청소를 시켰고 청소한 곳도 여러 번 다시 청소했다. 모든 인원이 투입되어 청소했다. 청소하고 나서도 더 정성을 보이기 위해 전 직원의 유니폼을 새 옷으로 전원 바꿨고 크루들을 그 시간에 많이 근무시켰다. 창고나 탈의실을 청소하며 많은 일이 천천히 흘러갔다. 순식간에 흘러가지 않았다. 노동이란 그런 것이었다.

높은 분들이 매장에 오시면 밑의 직원이나 매니저들도 분주하다. 누군가가 써 놓은 쪽지가 책상 위에 있었는데 이런 쪽지가 적힌 글이었다.

"본사에서 오는 것이 기회일 수도 있다."

그 정도로 본사에 신경을 많이 썼다는 이야기겠다. 그분은 바람처럼 왔다가 순식간에 가셨다. 며칠 동안 공들였던 시간이 1분도 채 안 되는 시간으로 흘러갔다.

웬만한 운동이 아니면 체중 감량이 어렵다

내 근무 시간은 오전 10시부터 오후 6시까지였는데 운동하기에는 애매한 시간이었다. 체중은 늘어 가고 운동은 어려웠다. 반년 정도 일을 다닐 때였다. 내가 일하는 상가의 7층에서 스피닝 운동을 하는 곳이 있었다. 스피닝 운동은 생각보다 어렵지 않고 지도도 해준다고 했다. 사실 같이 일했던 크루들의 말을 들어보면 스피닝은 1개월 정도만 하고 나왔다는 의견들이 꽤 많았다. 그렇지만 나는 잘할 수 있다고 생각했다. 일한 지 반년쯤 됐을 때 스피닝 센터의 문을 노크했다.

스피닝 상담을 받던 차에 체지방과 체중을 재어보니 놀라웠다! 97kg! 강사는 어려울 것이라는 표정을 지었다.

등록하고 운동복을 빌려서 스피닝 센터를 이용하기로 했다. 처음에는 그룹 PT를 받기로 했다. 그룹 PT는 기본적인 운동부터 난이도가 있는 운동까지 강사가 자세를 잡아주었다. 유연성이 좋았지만, 생각처럼 잘 되지 않아서 처음에는 어려웠다. 1시간 동안의 PT를 끝내고 스피닝하는 곳으로 갔다. 1시간 동안 진행되는 스피닝. 스피닝을 탈 때는 개인 실내화와 물이 필요했다. 자전거의 페달 밟는 곳을 밟은 다음에 신발을 조여준다. 강사의 말에 의하면 조여주지 않으면 사고가 나거나 실내화가 터질 수 있다고 했다.

첫 스피닝을 했을 때는 무릎이 굉장히 힘들었다. 그렇지만 하루도 빠짐없이 참가했고 1개월이 지났을 때는 체지방만 2kg을 감량했다. 그리고 스피닝 운동을 잘하지는 못하지만, 스피닝을 아는 사람이 되었다. 6개월을 꾸준히 했을 때는 10kg 정도 빠졌다.

패스트푸드점을 그만두고 다시 일을 구했다. 운동도 필요했다. 마침 집 근처에 스피닝을 하는 곳이 있었는데 스피닝을 하는 사람들이 많이 없었다. 스피닝을 아는 사람이 된 나는 강사와 1 대 1로 스피닝을 2시간 동안 타기도 했다. 그렇지만 몸매 관리 이외에 체중이 쉽게 빠지지는 않았다. 독하게 운동했는데 별 효과가 없었고 다시 등산을 했지만 등산도 기대만큼 체중 감량은 어려웠다.

어쩌다 한 번 있는 ○○○○의 아침

나는 오전 10시까지 출근하면 된다. 어느 날 아침 7시에 전화가 왔다. "진행 씨가 오늘 쉬어야 하는 이유를 이야기해 보세요." 당연히 쉬는 날이니까 쉰다고 했다. 그렇게 물어본 이유를 들어보니 메인으로 일을 하는 사람이 아파서 결근했는데 물건 받을 사람이 없다는 것이었다. 사정을 알았으니 식사는 편의점 삼각 김밥으로 숨넘어가듯이 먹고 출근했다. 일찍 도착하여 아직 물류 트럭이 오지 않은 듯했다. 물류 트럭이 왔을 때 내가 물류를 다 받아서 창고에 채워놓았다. 그때부터 자주는 아니지만 한 번씩 메인 일을 맡았다. 그렇게 회사에 충성을 바쳤다.

그곳은 항상 점심 식사로 햄버거를 제공했다. 탄산음료나 음식이 기름진 데다가 약을 먹고 있어서 체중이 늘지 않을 수 없었다. 6개월이 되던 즈음에 상가 7층에 스피닝 센터가 있다는 것을 알게 되었다. 마치고 운동하면 좋을 것 같아서 회원등록을 하고 한 달 정도 다녔다.

한 달을 다녔는데 허벅지가 굉장히 아팠다. 그렇지만 이러지 않고는 살을 뺄 수 없을 것 같아서 꾸준히 다녔다. 허벅지 통증은 곧 가라앉아서 스피닝에 가속을 붙였다. 한 달 후 체지방을 재어보니 한 달 전보다 2kg의 체지방을 감량했다.

운명의 날이 왔다

아마 기고만장 했던 것 같다. 점장은 나를 뽑은 것을 잘한 일로 생

내 마음속의 신을 움직이다(神進行)

각하고 있었고 8월에 이달의 크루로 선정되고 내가 인정받는 분위기가 계속되어 자만했던 것 같다. 1월의 어느 날에 30분 동안 식사 시간이 있었는데 내가 10분 늦었다. 점장은 트집을 잡았고 혼내며 피드백을 실시했다. 그래서 실제로 내가 많이 늦었는지 알고 싶어서 CCTV를 매니저를 통해 돌려보도록 했다. 결과는 늦게 오긴 했는데 10분 늦은 게 아니라 6분 정도 늦은 것이었다. 얼마 뒤에 그 사실을 점장이 알게 되어 이야기하다가 퇴사 권유를 받았다. "이런 일이 계속되면 진행 씨를 대하기가 어렵다." 그것이 이유였다. 그래서 1년이 다 되어 가는 시점에 퇴사하겠다고 이야기하고 1년이 되었을 때 퇴사했다.

물론 그때는 5D MARK 4 사진기를 사고 얼마 지나지 않았던 때였다.

그렇게 나오니 시원섭섭했다. 점장은 아마 매뉴얼대로 했을 것이다. 사회생활에서 안 되겠다 싶었나 보다. 그리고 나는 9월에 ○○대학교병원에 입사한다.

은행 빚

○○○○를 퇴사하고 나는 리볼빙 서비스를 이용하게 된다. 일정 금액을 산정하여 퍼센트(%)로 갚을 카드값을 정하고 나머지는 이월하는 서비스였다. 리볼빙 서비스를 이용한 이유는 가지고 있는 돈이 얼마되지 않아서 리볼빙으로 갚는 금액을 최소화하고 현재의 비용을 아끼기 위해서 했던 것이다. ○○○○를 퇴사하고 이 서비스를 이용했는데 10% 리볼빙을 이월시켰다. 이후 9월에 취업할 때까지 계속 10%씩 누적되었다. 8월에 실업 급여가 끝나서 돈이 필요했을 때 리볼빙 서비스

를 통해 90%를 이월하도록 했다. 취직하면 갚을 수 있다고 생각했다. 그리고 나는 ○○대학교 병원에 입사했다.

그렇지만 ○○대학교 병원의 급여는 90만 원이 채 되지 않았기에 생활비로 다 나가고 리볼빙 서비스 금액은 계속 쌓여만 갔다. 그때도 갚을 수 있다고 생각하여 장기 카드 대출로 리볼빙 서비스 금액을 몰아서 갚았다. 그때 500만 원 이상 들었을 것이다. 안심했던 사실은 이자가 8만 원 정도로 두 달 분의 이자였기 때문이었다. 이자를 갚는 날만 되면 카드 대출을 조금씩 늘려 받아서 이자를 갚았다. 그리고 월급보다 카드를 더 쓰는 날이 있으면 장기 카드 대출로 다시 대출받아 넘치는 일부 카드값을 갚았다. 그렇게 3년이 지나니 대출 규모가 2019년 8월을 기준으로 장기 카드 대출만 약 1,500만 원 이상 되었다. 아직 한도가 많이 남아 있어서 돌려막기가 가능하지만, 이대로라면 파산하는 것은 시간문제였다. 쳇바퀴 이자고 두 달 이자로만 이제 20만 원 정도 내고 있다. 빨리 갚자.

내 마음속의 신을 움직이다(神進行)

대학 병원 간호보조

○○병원 간호보조원으로 지원한 일이 있었다. 이력서를 쓸 때는 고등학교까지만 기재하는 칸이 있었고 대학교 이상은 기재하는 칸은 없었다. 그리고 이력서는 단순한 것만 기재할 수 있게 되어 있었다. 업무는 침대 시트를 갈아 주는 일이었다.

30명 정도 되는 사람들을 5명씩 모아서 면접을 보았다. 그러고 보니 나 혼자만 면접 때 정장을 입고 갔었다. 많은 사람이 면접을 보고 나갔다. 내 차례가 되었을 때는 나 혼자만 정장이었다. 첫 자기소개 때 내가 먼저 꺼낸 말은 "안녕하십니까? 사람이 먼저다! 사람을 먼저 생각하는 지원자 신진행입니다."라고 하고 자기소개를 했다. 그 말이 특이했는지, 같이 면접을 봤던 사람이 힐끗 쳐다보았다.

같은 층에서 일했던 길동무가 면접을 볼 때 같은 팀에 있었다고 한다. 그때 나를 보고 100% 떨어질 것 같았다고 했다. 너무 특이하게 면접에 임했기에 그런 장난 같지만, 진심 어린 이야기를 들을 수 있었다.

결국 나는 합격하고 장애인 훈련생으로 3주간 교육을 받고 실전에 투입되었다. 훈련받는 동안에는 퇴원 환자가 그렇게 많지 않아서 돌아가면서 시트 갈이 교육을 받았다. A조와 B조에 각각 사회복지사들이 있어서 병원 직원에게 배우고 우리에게 가르쳐주는 식으로 교육했다. 시간이 지나면서 일이 익숙해질 즈음이었다.

나이가 그렇게 많지 않아 보였던 B조의 사회복지사가 뭔가 불평이 많았는지, 아니면 짜증이 났는지 장애인 훈련생들에게 짜증을 냈다. 그때 병원에서 나누어 준 식권 표가 손에서 떨어졌는데 그것을 보고 내가 주웠더니 나를 비꼬면서 짜증을 내길래 나도 정색하며 짜증 내는 표정을 지었다. 결국 나는 사회복지사에게 화를 냈고 사회복지사가 잘못이 없는 사람에게 짜증 내는 걸 훈계했다. 함부로 짜증을 내고 나에게도 짜증을 내서 장애인고용공단에 전화를 걸어서 B조 사회복지사가 짜증 내는 것에 관해서 이야기했지만, 그 전화로 인해서 그가 어떻게 되었는지, 개선되었는지 아는 바는 없다. 그렇게 그 사건은 마무리되는 것 같았다.

나중에 정식 근무를 하게 되었을 때 나보다 3살 어린 남자 직원과 친하게 지냈다. 마침 같은 층에서 일하게 되어 돌아갈 때 같이 돌아가는 퇴근 길동무가 되었다. 항상 같이 지하철까지 걸어가면서 그에게 많은 개그와 말장난을 했고, 내 길동무는 재미있게 웃어주었다. 맨날 장난치면서 말도 되지 않은 개그를 하면서 우리 사이는 더욱 돈독해졌다. ○○대학교 병원에서 일하는 게 지겹지 않았고 오히려 길동무 덕분에 마음이 풍요로워졌다.

길동무에게 사회복지사 이야기를 하니 복지사에게 훈계한 것에 대해 걱정해 주었다. 별일 없음을 알고 있었지만, 동조하는 모습을 취했다.

병원의 일에 관해서 이야기하겠다. 병원에서 침상 관리는 서비스 분위기가 강했기 때문에 배려가 중요했다. 환자에 대한 배려나 시트를

내 마음속의 신을 움직이다(神進行)

갈면서 보여주는 전문성이나 응대가 중요했다. 환자들은 병원에서 잘 치료받고 간다는 성의를 보여 준다. 직원 수대로 음료나 빵이나 과일 같은 것을 주어 성의를 보여 준다. 나도 받긴 했지만, 병원에서 일할 때 금품 수수 금지 서명을 했다. 금품을 받아서 환자에게 편의를 주거나 하는 행위를 금한다는 내용이다.

한 번은 휴게실에 돈이 떨어져 있길래 내가 소속된 병동의 간호부에 신고한 적이 있다. 금액은 5만 원짜리 2장, 총 10만 원이었다. 간호사 선생님께 이야기하니 총무과에 접수해 주셨다. 총무과에서는 ○○병 동에서 10만 원을 잃어버린 사람이 있으면 찾으러 오라고 방송했다. 동료들에게는 주운 돈은 떡 사 먹는 데 써야 한다고 농담했지만, 양심적으로 갖다 드렸다.

그렇게 1년 계약을 끝내고 재계약을 4개월을 했고 4개월 뒤에 퇴사했다.

이직 이유는 월급 금액이 많지 않아 소모만 되는 월급이었기 때문이다. 장기 카드 대출을 받고 있었기에 대학 병원에서의 월급으로는 빚이나 이자를 해결할 수 없었다. 그렇기에 다른 직장으로 이직을 생각하고 재계약을 4개월만 하고 나온 것이었다. 월급이 조금 많았다면 계속 있었을 텐데, 80만 원의 월급은 모든 것을 감당하기에 부족했기에 다른 직장에 들어가려고 이직했다.

직장을 퇴사하면 장애인 고용노동부의 알선을 받아서 다른 직장에 들어가는 경우가 대부분이었지만 한 번씩 장애인 전형이나 일반 전형으로 개인적인 지원을 하는 경우도 있다. 자기소개서에 써야 하는 글들이 있다면 어렵지만, 그래도 단시간 안에 글을 다 작성했다. 많이 써 봐서 그런지 몰라도 10번 정도 지원하면 5번 정도 서류 전형은 쉽게 합격했다. 블라인드 채용에서는 기준만 되면 합격이 쉬웠다. 그러나 나중에 면접에서 쓴맛을 맛보곤 했다. 면접에서는 100% 탈락했다. 그래서 새로운 전략이 필요하다는 것을 느꼈다.

내 마음속의 신을 움직이다(神進行)

특별편

다 하지 못한 이야기

책 출판-소설가

내 기억을 더듬어 보면 그 시작점에는 책이 있었다. 내가 고등학교 때 도서부에 들어간 것은 어떻게 보면 행운이었는지도 모른다. 도서관에서 나관중의 『삼국지』 10권을 10번 읽고 나서 내 인생에는 많은 변화가 있었다. 그러면서 다른 책들을 읽고 재미를 느꼈다. 그러면서 문득 사고가 복잡해지는 경우가 생겼지만, 이것도 독서를 통해서 얻은 교양이라고 생각한다.

고등학교 때 독서량은 약 500여 권 정도 되었다. 많이 읽은 것 같지는 않지만, 내가 이렇게 변할 수 있었던 것은 고등학교 시절의 독서 덕분이다.

어느 날, 사회적인 이야기나 시사적인 정보를 접했던 기억으로 인해 문득 글감이 떠올랐다. 글감이 떠오르는 그 생각을 지울 수 없었다. 새로운 정보를 창조했기 때문이다. 그래서 생각만 하다가 글을 한 줄 쓰다가 지우고, 한 줄 쓰다가 두 줄이 되고, 열 줄이 되는 경험을 했다. 한번 생각난 김에 끝까지 가보자는 마음으로 생각들을 펜으로 써 내려갔다. 한 번에 썼던 그 소설이 『신발 밑창의 비밀』이다. 한 번에 쓴 소설이지만, 마지막 결말을 맺지 못했다. 아마 처음으로 쓴 소설이다 보니 경험도 없었기에 쉽게 결말을 지어내지 못한 것 같다.

소설을 내 담임 선생님께 보여드렸더니 소설에 대해 첨삭해 주시며

내 마음속의 신을 움직이다(神進行)

시간을 내주셨다. 같이 소설을 읽고 첨삭을 시도했다. 소설은 잘 다듬어진 모양을 갖추게 되었다.

첫 소설을 그렇게 완성하고 두 번째 소설도 쓰려고 준비했다. 두 번째 소설은『신발 밑창의 비밀』을 쓴 경험이 있었는지 조금 길게 쓰게 되었고, 내용의 발전이 순식간에 일어났다.

두 번째 소설은『학과 백조의 만남』이었다. 학과 백조가 만나면 어떨까 하는 생각에 더해서 동화 콘셉트를 가지고 썼다. 처음에는 백조를 서양의 동물이자 인기 많은 동물로 표현했다. 백조는 주변의 동물들을 시시하게 생각하며 지냈다. 그리고 말을 잘하는 철새가 서양에 와서 이야기하는 장면이 있는데 백조가 철새에게서 학의 이야기를 듣고 학을 만나러 가고 싶어 하는 내용으로 이어진다. 왕자와 공주의 이미지로 만들었다. 우리가 그때 교과서에서 배운 내용들이 거의 그러했기에 그때는 그렇게 지었던 것 같다.

이 소설도 한 번에 썼지만, 마무리 단계에서 어떻게 쓸까 고민하다가 완성하지 못했다. 그때는 '미래의 내가 완성해 주겠지.'라고 생각했다. 그 소설은 미래에 편집중 판정을 받은 어느 시기의 내가 완성했다. 옛날의 내 순수한 글솜씨를 가늠해볼 수 있는 유일한 소설이 백조 이야기일 것이다.

병원에서 치료를 받고 학교도 다니던 그때도 완성하지는 못했지만, 틈틈이 소설의 글감은 쓰고 있었다. 투병하는 데 힘이 들고 컨디션이 항상 좋지 않아서 약을 바꾸었다. 바뀐 약을 먹으면서 기분이 괜찮았던 2007년 5월에 한 포털 사이트 카페 운영자였던 나는 카페 운영 경험을 살려서 『진행하다의 프리동인지』라는 소설을 쓰게 된다. 그 소설을 쓰고 회원들에게 공개했을 때 회원들은 책을 출판하지 않겠냐고 이야기해 주었다. 기분 좋은 칭찬을 들었을 때, 두 번째 책도 만들려고 준비했다. 이것은 옴니버스 형태의 소설책이었다. 각각의 단편 소설을 묶어놓은 소설책이다.

그렇게 소설을 쓰다가 어느 날 꿈을 꾸었는데 '상상동화집'이라는 글자를 보게 된다. 그래서 허겁지겁 꿈에서 깨자마자 『상상동화집』이라는 소설 책을 내기로 결심한다. 기존의 소설들도 완성해서 2007년 6월에 책으로 만들게 된다.

책에 대한 반응은 다음과 같았다. 선생님들은 이후로도 출판을 해보라는 권유형 칭찬을 많이 해주셨고, 누나들은 사투리가 들어간 것과 표현이 저급하여 실망했다고 이야기해 주었다. 친하게 지내던 대학교 후배는 책 수준이 동화 같다고 이야기했고 교수님은 "일회성 소설."이라는 평을 주셨다. 소설을 쓰면서 여러 가지 다른 글감들이 생각났지만, 직접 쓰지는 못했다.

내가 소설 쓰는 법은 다음과 같다. 먼저 글감들을 공책이나 종이에 손으로 쓴다. 중심이 되는 글감 주변에 살을 붙인다. 적어놓은 것을 컴퓨터로 옮겨서 타자를 치며 첨삭하고, 어느 정도 밑바탕이 만들어지면 컴퓨터로 적어놓은 것들을 출력해서 다시 한번 종이에다가 한번에 스토리를 옮겨 적고 한 번 더 첨삭한다. 그다음에 다시 컴퓨터로쳐서 완성하고 첨삭과 다시 살을 붙이는 일을 반복하며 그렇게 하나의 단편이나 중편 소설을 쓴다.

내 마음속의 신을 움직이다(神進行)

그러다가 2007년 하반기에 내 상태가 좋지 않아서 소설과 학업을 중단한다. 그로 인해 소설 제작이 뒤로 미루어지게 된다.

이후 여러 가지 일이 일어나고 대학 병원 입원과 기적적으로 회복 과정을 거쳤던 날들이 지나갔다. 어찌하다 보니 장편 소설을 쓰게 되었는데, 2011년도에 한 가지 주제만 가지고 글을 쓰게 된다. 제법 긴 분량의 소설을 쓰게 되는데, 제목은 『히스토리 로드』였다. 이 소설로 어느 공모전에 응모하게 되었다. 그 공모전에서 당선되었다는 메일을 받았다. 메일 내용에 따르면 소설의 칭찬이 자자했다느니 소설이 좋았느니 어쩌니 하며 이야기했지만, 결국 출판 비용과 상패 제작으로 40만 원을 요구했다. 그러면서 돈으로 공모전 수상작을 출판하는 관례가 원래 그러하다고 하며, 많은 사람이 돈을 주는 부분에 대해서 납득한다는 식으로 메일을 적어놓았다. 그래서 그러한가 싶어서 어머니께 40만 원을 빌리게 된다.

그때는 눈이 당겨서 서울도 겨우 올라갔다. 어느 뷔페식당에서 행사를 진행했다. 참가비 3만 원도 내라고 하여 냈다. 수상자는 나 빼고 전부 다 시인이었는데 내가 상을 받았을 때도 시인님이라고 하셨다. 소설가에게 시인님이라니… 이후로는 눈 당김이 심하여 급히 자리를 떴다. 자리를 뜰 때도 월 얼마씩을 내라는 이야기를 들었지만, 그냥 무시하고 나와버렸다.

받은 상패는 내가 졸업한 대학교 국어국문학과 학과 사무실에 놔두었다. 기증까지 할 일은 아니라 그냥 놔두었다고 표현하겠다. 내 소설 책도 몇 권 기부했다.

상도 받았으니 이번에는 두 번째 소설책을 기획하게 된다.

시내에 있는 패스트푸드점이나 카페에 공책을 들고 돌아다니면서 소설의 글감을 썼다. 완성하기까지는 1년 이상이 걸렸다. 내가 2개월 만에 썼던 과거의 소설들과는 사뭇 다른 과정이었다. 약간 묵직한 두 번째 소설은 『상상단편집』이라 하여 복사 가게에서 출판하고 퍼플에서 1인 출판을 했다. 복사 가게에서 ISBN 등록도 대행해 주었다. 국립 중앙도서관에 내 책 2권이 있다.

『상상단편집』은 아주 힘든 일이 있을 때, 한 번씩 꺼내 보면 힐링이 된다. 그래서 『상상단편집』을 읽으면 기분이 한결 나아진다. 내가 써서 나아진 것일 수도 있겠지만, 아무래도 내가 내 글에 공감할 수 있었기에 스트레스를 푸는 역할을 하지 않았나 싶다.

2014년도에 복사 가게를 통해서 낸 것을 마지막으로 지금까지 책으로 만들어진 건, 포토 북 정도다. 지금까지 포토 북을 3권 만들었다. 그리고 『상상단편집』에 쓴 소설 중 일부를 뽑아서 중편 소설화했다. 이번에 내는 이 에세이집이 아마 최초로 세상 밖으로 나오는 책이 될 것이다.

보람찬 인생이다.

내 마음속의 신을 움직이다(神進行)

네이버 카페

초등학교 시절에는 아버지가 회사를 운영하셔서 우리 집에 8Bit 컴퓨터가 있었다. 5.6인치 디스켓으로 게임이나 장기나 바둑 게임 같은 것들을 하곤 했다. 어려서 겪은 컴퓨터 관련 경험은 새로운 것이었다. 이렇게 나는 컴퓨터를 초등학교 때부터 사용해 봐서 전자기기에 익숙했다. 중학교 때는 PC통신으로 천리안이나 나우누리나 하이텔 같은 텍스트 형식의 문화를 접했고 거기에서 영상이나 사진을 접했다. 만화나 애니메이션의 그림이 대유행이었다. 고등학교로 넘어와서는 초고속 인터넷이 발전했고 주로 게임이나 그림쟁이의 그림을 구경하거나 둘러보곤 했다.

고등학생이던 어느 날이었다. 그림을 보다가 그림에 어떤 사이트의 주소가 있는 것을 우연히 보았다. 그래서 주소창에 사이트를 쳐서 접속해 보았다. 접속해 보니 깨진 일본어로 되어 있는 그림쟁이의 사이트였다. 그것을 보고 한눈에 알아챘다. 이 사이트는 그림이 있는 일본 사이트라는 것을 말이다. 상태 표시줄에 갤러리라고 되어 있거나 CG나 일러스트라고 영어로 되어 있으면 그림이 있다고 판단했다. 그리고 그때는 링크에 관한 개념을 어느 정도 인지하고 있었기 때문에 그림쟁이 사이트 링크 메뉴에 배너로 다른 사이트가 링크된 것을 발견했다. 그렇게 링크를 타고 돌아다녔다.

신세계였다. 그림쟁이 사이트에는 많은 그림이 있었다. 일본의 그림쟁이들은 꽤나 대단했다. 여러 애니메이션에 대해 알게 되었고 즐겁게 구경했다.

2003년도에 이르렀더니 링크를 모은 것이 꽤 되었다. 링크 자료는 혼자 보기에는 아까웠다. 국내에는 없는 자료들이었고 인터넷으로 웹 서핑을 많이 해 본 사람만이 아는 것이었으니까. 그래서 나는 2003년 도에 네이버에 공개 카페를 열게 된다. 공개 카페에서는 그림 교류가 활발하게 이루어졌다. 링크 제공이나 사람들의 커뮤니티를 중심으로 하여 카페를 세운다. 그렇게 하여 단시간에 회원 수가 많이 증가하게 되고 백 단위의 회원들과 천 단위의 게시 글을 달성하게 된다.

이후 일본의 링크 랭킹 카페에서 우연히 동인지 사이트 링크를 찾 게 된다. 동인지 사이트 링크도 순위로 매겨지는 링크 랭킹 식으로 되 어 있었는데 이번에도 신세계를 경험하게 된다.

그림 교류 카페 이외의 카페를 만들기로 했다. 동인지 교류 카페다. 이 카페는 여러 가지 동인지를 수집하고 링크를 공유하는 식으로 운 영했다.

자료는 거의 내가 제공하는 식으로 했다. 무단 링크적 성격이 크기 에 각각의 자료 압축 파일에 암호를 걸어놓았다. 자료를 보려는 회원 들이 암호를 물어보려고 게시 글을 써서 하루에 암호 개수를 제한하 기도 했다.

카페를 운영하면서 다양한 이벤트를 진행했다. 자비로 이벤트를 진행했던 적이 많았다. 카페는 동인지 전체 게시 글이 1만 개 이상 되었고. 순수 자료만 약 1,000개와 회원 1,000명을 돌파하는 등 나름대로 흥행했다. 자료 중에서 성인 자료가 올라오면 네이버 측에서 문제를 제기하기도 했는데 계정을 옮기는 식으로 피하다가 운영 정지를 받곤 했다. 무슨 자료인지 알려주지 않고 정지를 시켰기 때문에 거의 모든 자료를 날리기 일쑤였다. 그러면서 선심 쓰듯이 아주 늦게 정상화를 시켜 주었다. 나중에는 카페 자료에 대해 관리자와 전화 통화를 하며 대들었던 적도 있었다.

10년이 넘었을 때 되돌아보니 더 이상 카페를 운영할 수 없을 정도로 네이버의 간섭이 심해졌다. 재기가 어려울 것 같아서 접었다. 그리고 파란이란 포털 사이트에서 새로 시작했는데 단시간에 약 5,000명의 가입자를 유치했다. 네이버에 비해서 나름대로 자유로웠던 파란이었지만, 거기서도 자유게시판이나 동인지 공유로 인해 경고를 받으면서 카페 운영자 시절은 쓸쓸히 막을 내리게 된다.

사실 대학교 방학 때 무료하게 있을 때, 카페를 관리하는 일정이 유일하게 내가 움직이는 일상이었다. 그 일상 덕택에 무언가를 하고 있다는 것을 느끼게 되었다. 카페 운영자를 하지 않았다면 아마도 발전이 없었을 것이고, 사람을 이해하는 마인드나 운영자만이 경험할 수 있는 일들을 경험할 수 없었을 것이다. 인생의 비료 같았던 먼 옛날의 일이었다.

유산소 운동부터

부모님은 내가 어렸을 때부터 등산을 시키셨다. 유치원이나 학원과 학교에서도 소풍을 동네 뒷산으로 맨날 갔다. 당시에는 할 수 있는 것이 등산밖에 없었다.

초등학교에 다녔던 3학년 때는 평균 체중이었다. 그리고 초등학교 3학년이 지나자 점점 체중이 늘어나기 시작했다. 초등학교 4학년 때는 또래에 비해서 몇 kg 정도 차이 났지만, 그렇게 대수롭지 않게 생각했고 주위에서도 그다지 신경 쓰지 않았다.

그러다가 초등학교 5학년이 되자 점점 살이 쪘고, 처음에 말했던 것처럼 초등학교 5학년 때 집단 따돌림을 당하면서 급격하게 살이 찌기 시작했다. 신경성 두통과 현기증을 동반했고 그때를 계기로 폭발적으로 체중이 불어나기 시작했다.

초등학교 6학년은 대인관계 면에서 무난하게 보냈고 중학교 1학년 때 다시 따돌림을 당하며 기존의 체중이 점점 불어났다. 몸의 균형이 엉망이었다.

고등학교에 들어오면서부터는 더욱 괴롭힘이나 따돌림이 심해졌다. 고등학교 1학년 겨울방학 때 허리에 모래주머니 6kg짜리를 메고 두 달간 등산하여 10kg 이상을 감량했다.

내 마음속의 신을 움직이다(神進行)

고등학교 2학년부터 3학년 2학기까지는 날씬한 몸을 유지하는 데 성공하여 70kg대의 몸을 유지하게 된다. 그러다가 고등학교 3학년 2학기 때 환청 사건이 터져서 신경정신과 약을 먹게 된다. 신경정신과 약은 살이 찌는 부작용이 있다고 이야기해 주셨는데, 한 달 정도 복용하자 바로 80kg대의 몸무게가 되었다. 즉 10kg 이상 증가했고, 대학교에 입학할 즈음에는 90kg대에 진입했다.

대학교에 들어가고 나서는 운동할 시간이 아예 없지는 않았지만, 운동할 만큼 여유 시간을 내기가 힘들었기에 점점 체중이 늘었다. 게다가 신경정신과 약을 먹는 상태이기에 통계를 내 본다면 3개월에 약 1kg씩 불어나기 시작했다.

대학 생활 중에 정신적인 문제로 인해 병원에 입원했다. 나중에 퇴원하고 나서는 등산을 했다. 등산으로 인해 100kg대에서 90kg 초반까지 10kg 정도 감량했다. 제대로 살아보기 위해서 많이 노력했다.

그래도 살은 계속 쪘다.

천도재 일과 대학 병원 입원으로 또다시 105kg 정도로 체중이 늘어났다. 그리고 대학 병원에서 받은 치료의 부작용인지, 약의 부작용으로 1년 반가량 아무것도 하지 못하고 침대에 누워 있었다. 그러면서 체중이 점점 불기 시작했다.

모든 것을 내려놓고 처음에 갔던 병원에서 약을 다시 맞춰서 먹었다. 그 이후로 부작용이 가라앉았고, 그때 운동을 시작하여 20kg을 감량했다. 85kg 정도로 감량했던 것으로 기억한다.

그리고 세월이 흐르면서 다시 조금씩 찌기 시작했다. 패스트푸드점에서 6개월 정도 근무했을 때 살이 많이 찌는 것 같아서 근처에 스피닝 센터에서 스피닝을 접했고 6개월간 스피닝을 시도했다. 시도하니 체지방만 1달에 2kg씩 빠졌지만, 퇴사하면서 원점으로 돌아왔다.

패스트푸드점을 그만두고 나서도 집 근처에 스피닝 센터가 있어서 스피닝으로 계속 운동을 했다. 3개월 이상 두 타임(2시간) 동안 스피닝으로 운동했음에도 불구하고 체중 감량이 거의 나타나지 않았다.

이처럼 나는 체중 감량을 여러 번 시도했지만, 현재 먹는 약도 살이 찌는 부작용이 있다. 그리하여 산에 가서 운동해도 빠지지 않자 지금은 운동을 포기했다.

이렇게 운동에 대한 수많은 우여곡절이 있었지만, 나는 그래도 얼굴은 반듯하다고 생각한다.

근데… 운동은 꼭 해야 하긴 하는데… 어떻게 하지?

내 마음속의 신을 움직이다(神進行)

숫자 점

    나는 어떤 징크스를 가지고 있다. 시간으로 점을 치는 버릇이다. 언제부터 생긴 징크스인지는 모르지만, 아직까지 버리지 못했기에 지금부터 설명할 이 일에 관해서도 이야기하려 한다.

    아침에 일어나면 핸드폰 시계를 본다. 만약 시간이 9시 정각이라면 오늘 하루가 무난하게 흘러가리라 생각하고 만약 9시 4분이면 좋지 않은 일이 일어나리라 생각한다.

    4분이라는 숫자를 보면 좋지 않은 일이 일어난다고 생각하며 유의한다. 그리고 무슨 일을 추진하려고 하면 주의하며 일하고 좋지 않은 일이 일어나면 4분이라는 숫자를 봐서 그렇다고 생각하며 넘긴다.

    시간을 보았을 때 12시 34분이라면 일이 순리대로 흘러가리라고 생각한다. 1234 순서대로 정렬되어 있어서 순서대로 일 처리가 된다고 생각한다.

    그러면 거의 순서대로 흘러가는 일이 발생한다.

    시간이 13시 37분이라면 지금 생각하는 일에 37분이라는 숫자가 들어가 있으니 긍정으로 본다.

    그런데 34분이거나 23분, 혹은 56분이거나 일의 자리 숫자가 십의

자리 숫자보다 높으면 내가 무조건 겸손하고 기어야 하는 일이 생긴다고 생각한다. 그러면 무엇이 문제인지 생각한다.

그리고 그에 대한 일들이 일어나면 스스로 대비를 잘했다고 생각한다.

15시 39분이라는 시간을 보았다. 그러면 39분이라는 숫자를 유심히 본다. 9라는 숫자는 절대적이라고 생각하기 때문에 거스를 수 없는 일이 일어난다고 생각한다. 그러면 거스르지 않고 그 일을 실천한다.

38분이라는 숫자를 보면 좋은 일도, 나쁜 일도 그대로 진행된다고 생각한다. 55분이라는 숫자는 중립적이기 때문에 흐름에 맞게 진행된다고 생각한다.

이러한 징크스 같은 숫자 점은 미래를 어느 정도 예측하게 해 주고 불가사의한 일들에 대비하게 해 주어서 계속 쓰고 있다. 4와 숫자가 역행하면 겸손해야 하고 낮은 자세로 모든 일에 임해야 한다고 생각한다. 그런 것은 꼭 그러한 일들에 대해 대비하기 위해서 하는 것만은 아니라고 생각한다.

규칙들을 실제로 직접 겪어 보며 조심하고 겸손하게 추진하는 일들을 하다 보니 내가 자성하거나 내가 조심하는 마인드를 취하게 해 주기에 내 마인드를 바꾸는 데 더없이 좋은 방법이라고 생각한다. 자신을 겸허하게 생각하기는 어려운 일이다. 그렇기에 이 숫자 점은 미래에 대한 대비뿐만 아니라 나의 내면의 가치나 겸손, 일에 대한 추진력

내 마음속의 신을 움직이다(神進行)

을 발달시키기에 좋은 나만의 미신 같다.

이런 미신으로 나는 지금까지 살아왔다.

나에게 일어났던 일들

공적인 사람

일하면서 만난 사람이 있다. 그 사람은 드립을 잘 친다. 항상 옆에서 맞춰주는 사람들이 있다. 사실 나도 맞춰주어야 한다는 것을 알 법도 한데 그 이유를 모르겠다. 다들 나가서 일을 한다.

사람들이 많이 찾는 사람이 있었는데 항상 그 사람 주위에는 사람들이 많이 몰려서 이야기한다. 사람들은 그 사람에게 찍소리도 못한다.

그 사람은 버리는 것은 과감히 버린다. 편지나 청첩장, 조문이나 달력 등 여러 가지 것을 과감하게 버린다. 무엇이든 과감하게 버리는 법을 알게 되었다. 그리고 내용 증명이 중요하다는 것을 그에게서 배웠다. 무언가 해야 하는 일들도 말이다.

무서운 사람

○○○선생님과 술 한잔을 한 적이 있다.
책에 관해서 이야기하고 공적인 일들에 관해서 말한 적이 있다.

○○○선생님과 같이 노래를 부르고 싶어서 일반 노래방에 갔다. 마치고 숙취 해소 음료를 사 드리니 불편해하셨다. 그리고 나는 집에 들

내 마음속의 신을 움직이다(神進行)

어가서 그분을 만났을 때의 후기를 썼다.

그랬더니 다음날 내 휴대폰으로 전화가 와서
"내가 아는 후배가 자네가 글 적은 걸 봤다고 하더군."이라고 했다.
하루도 채 지나지 않았는데 전화가 왔다.
개인 블로그에 쓴 글을 보고 말이다. 그 글은 하루가 지나지 않았는데… 의문스럽다.

이런 일들을 겪다 보니 내 주위에 알게 모르게 있는 사람들은 과연 무엇을 마주하는 사람들일지 의문이 들었다. 그들이 어떤 진실을 보고 이야기하는지 곰곰이 생각했다. 내 머릿속에 물음표를 던지고 싶다. 그 물음표는 뭘까?

이 두 사람은 속으로 다 계산해놓은 사람들이겠지만….
이런 일들은 웬만한 사람이면 다들 겪어봤을 듯하다. 나 혼자 호들 갑이었다.

같은 또래

오늘 차를 타면서 ○○○병원에서 같이 뽑혀서 일했던 우리 동네 사람을 보았다. 그 사람은 자갈치 시장에서 내렸고 나는 범일동에서 내렸다. 나는 공공기관에서 일하고 그는 어느 영세한 곳에서 일한다. 버는 돈이나 직업은 차이가 있었다.

나는 직업과 돈과 모습으로 그 사람을 평가했다. 같은 시기에 태어

나서 사랑받았을 테지만 그에게서 연민을 느끼는 것도 그러한 일들이 있기 때문에 느끼는 것일 수 있다.

그를 기만했을 수도 있고 본능적으로 생각하는 마인드일지도 모른다.

공무직 일터

사무 업무는 내가 책을 쓸 때 쓰는 한글 프로그램을 다루는 것과 비슷했다. 협회에서 일했을 때 했던 문서 수발이나 대부분의 일은 내 상관이나 같이 일하는 사람의 지시에 따라서 하는 일이나 정해진 시간에 하는 일, 분위기를 파악해서 일하는 것이었다. 그래서 나는 앉아 있어도 별로 할 일이 없었다. 근무 중 절반은 대기다.

첫날은 전화 두 통을 당겨서 받은 게 전부였고 스캔이나 여러 가지 종류의 문서 전산 입력 지시가 있으면 입력했다. 제일 잘하는 것은 쓰레기통 비우거나 가습기에 물 채우기나 치우기 같은 일이었다.

둘째 날에는 행사 진행의 안내를 맡았는데 안내는 서비스업 마인드로 하고 분위기를 읽으면서 일했더니 그런대로 넘어갔다.

세 번째 날에 일이 생겼다. 나보다 계급이 아주 높은 세 분을 빼고 나머지 인원 전원이 외근을 나간 것이었다. 걱정했지만, 무엇이든 메모로 남기라고 하여 메모를 남겼다. 전화를 받으면서 10건의 쪽지를 남겼고 20통의 전화를 받았다.

내 마음속의 신을 움직이다(神進行)

까먹을 걸 걱정하여 첫 멘트인 부서와 이름을 적어놓고 전화가 오면 보고 걸었다.

혼자서 받은 첫 전화는 성공적이었다. 다음날도 다들 외근을 나가고 나만 있었지만, 오는 전화를 다 받았고 심지어 담당자가 있는데도 전화를 당겨 받았다.

틈틈이 매뉴얼도 만들어서 비슷한 문의 전화는 직접 답변하고 처리했다. 그랬다. 그렇게 알아갔다.

단체 생활은 즐거운 일이다. 같이 움직이고 같이 식사하며 즐겁게 이야기했다. 마지막 퇴사 날에는 나와 외근을 갔던 직원과 그날 출근한 직원들에게 각각 인사를 하며 작별 인사를 했다.

나중에는 이러한 일들이 나의 능력을 알게 해 준 좋은 기회였다는 것을 깨달았다. 전화 응대 업무 교육을 받은 기억이 있다. 한 달간 받았지만, 채용이 되지 않았다. 전화 교육은 그렇게 묻히는 줄 알았지만, 결국은 전화 응대 기술을 잠재 능력으로 갖게 되었다는 것을 발견했다.

숨은 재능이 되었던 것이다.

그리고 꼭 내가 가지고 있는 것만 의미가 되는 게 아니라는 것도 알게 되었다.
같이 식사하는 즐거움과 회사 생활에서 디저트가 필요한 것 등이 그러했다. 오랫동안 다니진 않았지만, 그곳에서 겪었던 일들은 나의 재능과 성숙의 밑바탕이 되었다.

좋은 계기였다.

퇴사 직전이 12월이라 연하장을 돌릴 일이 있어서 연하장을 돌렸다. 연하장을 돌리고 반차를 썼다. 다음날 연하장을 드린 사람 근처의 쓰레기통에서 내 연하장이 나왔다. 그걸 보고 나는 본능적으로 그날 술이 필요해서 일을 마치고 혼자 술을 마셨다.

술이 들어간 상태에서 그 사람의 평소 심리를 생각해 보니 버릴 수도 있겠다고 생각했다. 그런 사람이었다. 그래서 굳이 연하장을 내용만 알리는 목적으로 생각했다. 나도 모르게 성숙해지는 계기를 맞이했다.

현재 진행 중인 카드론

직장을 등록하고 월급으로 이자를 완납하니 장기 카드 대출이 불가능하다는 연락을 받았다. 나는 계속 다닐 수 있을 거로 생각하고 계속 다니고 있었는데 그만두게 되었다. 한번은 기간제 근로자 계약에 대한 문서를 보고 있었는데 이직 명령은 30일 전에 내려야 하고 30일이 안 된 시점에서 하면 한 달 치 월급을 추가로 주어야 한다고 쓰여 있었다.

이직 직전에는 15일 전에 내가 물어봤었고 퇴사를 권유했던 패스트 푸드 직장에서도 12일 전에 이직 명령을 주었다. 지금 와서 돈을 달라

내 마음속의 신을 움직이다(神進行)

는 이야기가 아니라 이런 일도 있었다는 것을 이야기하고자 한다. 아니면 다른 사람에게도 이런 일이 있으면 지켜 주었으면 하는 바람으로 썼다.

어쨌든 나는 돈이 없었다. 생활 자금이 없었다. 실업 급여를 탈 수 있었던 것도 아니고 최후의 보루인 장기 카드 대출이 막혀버려 돌려막기도 끝났다. 거치 기간의 이자가 끝나면 바로 원금을 상환해야 하는 상황이 온 것이었다. 아무에게도 도움을 청할 생각을 하진 못했다.

나에게 남은 것이 딱 하나 있었다. 카메라였다. 420만 원 정도 주고 20개월을 납입한 5D MARK 4 카메라. 지금은 시세가 많이 내려서 200만 원 이내의 가격으로 팔 수 있는 카메라. 신용불량자가 되지 않기 위해서는 카메라를 파는 결단을 내려야 하는 것이었다.

이제 돈을 빌릴 곳은 없으니 4년간 10만여 장 이상 촬영한 이 카메라를 팔아야 한다. 내가 자초한 일이었다. 어쩔 수 없었다.

친하다고 생각하는 코스어 몇 명에게 이야기하고 카메라를 중고 시장에 팔아야겠다고 생각했다. 적어도 180만 원은 받을 수 있을 것 같다. 쓴 만큼 돈은 빠졌다고 생각한다. 이걸로 두 달 정도는 버틸 수 있을 것 같다.

며칠간의 백수 생활로 인해 카메라를 팔고 한동안 촬영을 못 했지만 그래도 금전적인 문제가 해결되면 다른 카메라를 사서 촬영은 나갈 것 같다.

새해인 2020년의 시작은 다가올 미래가 밝다는 것을 알리는 청신호 같았다. 이렇게 나의 중년은 시작되었고 청춘은 매듭을 지었다.

아쉽게도 정리한 내용들

처음에는 책에 넣었지만, 여타의 사유로 정리한 내용들에 관해서 이야기하고자 한다. 첫 번째는 내가 좋아하는 가수에 대한 이야기를 실었다가 넣지 않았다. 왠지 민폐인 것 같다는 생각과 책이 가고자 하는 방향과 다를 것 같아서 썼다가 뺐다.

두 번째는 대중매체에 나오는 요리와 관련된 위인의 내용을 실으려 했지만, 이것도 뺐다. 그에게 호감을 느꼈던 과정에 관해서 이야기한 내용이다. 볶음밥 만드는 법을 계기로 호감이 갔던 사람이라 3페이지 정도 썼는데, 개인적인 이야기이고 책의 의도와 맞지 않아 다음에 싣기로 하고 이 책에는 싣지 않았다.

세 번째는 카메라 촬영에 대한 내용인데, 장황하게 내용을 많이 썼다. 그렇지만 촬영에 대한 내용을 확대하며 구구절절하게 쓰면 읽는 분들이 지루할 것 같아서 이 내용은 축소했다. 축소했는데도 본문의 내용처럼 많다.

네 번째는 구직을 알아보던 차에 다녔던 다른 직업 학원들에 대한 이야기인데 아예 빼 버렸다.

내 마음속의 신을 움직이다(神進行)

다섯 번째로는 손편지에 관한 이야기다. 나는 손편지를 잘 쓴다. 초등학교 때부터 손편지를 써 왔는데 나름대로 쓰는 법칙이 있고 방식이 있다. 펜팔도 여러 번 했고 2000년대만 해도 손편지를 제법 주고받았다. 최근에도 손편지를 쓴다. 그리고 오해나 무언가를 설명해야 하는 경우인데 시간이 없으면 손편지를 쓴다. 이 부분은 지금에서야 밝히는데, 무언가 의미 부여가 없었다고 생각하여 위의 기록으로 대체한다.

토막의 토막

보안에 관해서 이야기한다.

대학 병원에서 일할 때와 공공기관 사무실무원으로 일할 때 서약서를 썼다. 대학 병원은 금품 수수나 청탁 금지 조항에 대한 서약서에 사인하라고 했고 공공기관에서 사무실무원으로 일할 때는 기관에서 일하면서 얻은 업체 정보나 기밀 누설에 대해 발설하지 않겠다는 서약서를 썼다. 어기는 일할 시에는 반국가적인 행위로 간주한다고 했지만, 반국가적인 행위라? 그게 뭐지?

패스트푸드점에서 근무했을 때도 "밖에 나가서는 일하는 정보 같은 것을 이야기하지 말아 주세요."라고 했다. 일의 정보력이 크면 클수록 보안상이나 청탁에 대해 민감한 사항이 되는 것 같다.

그런 사인을 일생에 두 번씩이나 했으니 나는 중요한 일을 맡는 직장에서 일했다고 생각한다.

원고를 완성하고 나서

첫 번째, 상(上)

　○○대학교 병원에서 퇴사하고 다른 일을 알아보았다. 다행히 실업 급여를 탈 수 있는 조건이 되어 별문제 없이 실업 급여를 받고 구직활동을 했다. 취업 포털사이트를 통해 지원하는 경우와 장애인 고용노동부에서 알선을 받는 경우가 있는데 알선해 주는 편이 빠르고 편하기 때문에 애용하는 편이다.

　최근 들어서 과거와는 다르게 장애인 채용이나 블라인드 채용을 공기업과 대기업에서 하는 경우가 많아서 블라인드 채용을 잘 이용하면 서류에서는 거의 합격을 받았다. 자기소개서가 마음만큼 잘 써지지는 않았지만, 한 번 쓰면 끝을 보는 성격이라 약 1시간 정도면 웬만한 자기소개서는 다 쓰게 되었다. 자기소개서를 잘 지어내는 능력이 있는 것 같다.

　워크넷을 통한 지원이나 취업 포털사이트, 중소업체나 고용노동부나 장애인 고용노동부에서 지원받는 것은 약 100건 정도 지원하면 1건이 연락이 올까 말까 한 경우가 많다. 공기업과 대기업 장애인 채용에서는 서류 합격이 많이 되는 편인데 누군가는 눈높이를 낮추라고 이야기하지만, 이건 내가 눈이 높아서가 아니다. 적어도 서류에서 합격하는 종류의 일자리들은 탈락하면 연락이라도 준다. 그러나 약 100건의 회사는 연락은커녕 질문조차 안 온다.

내 마음속의 신을 움직이다(神進行)

서류 전형에서 합격하면 면접에 들어가는데, 나는 10년 차의 촬영 경력을 가지고 있고 스피치에 대해서는 자신감을 가지고 있으며, 대학교 취업 캠프나 유튜브로 면접 영상을 보고 배워서 면접에는 자신이 있다고 생각했다. 그러나 그건 나만의 생각에 불과했다.

면접용 대답은 대개 다음과 같다. "저는 컴퓨터 자격증들이 많아서 컴퓨터를 잘 다룹니다."라는 답변을 해야 한다면 "저는 컴퓨터 자격증이 많아서 컴퓨터를 잘 다룹니다. 그렇기 때문에 이 일에 대해 정확히 할 수 있다는 믿음이 있습니다."라고 답변해야 한다. 또 다른 예시로, "사진사를 하면서 많은 사람을 만났습니다."라고 답변해야 한다면 나는 "사진사를 하면서 많은 사람을 만났습니다. 그렇게 사람들과의 친목을 쌓았고 사람들과 친하게 지낼 수 있는 스킬이 있기에 상담 업무에 스킬이 있다고 생각합니다."라고 한다.

위의 내용들은 내가 이야기하면서 나 스스로 무슨 능력을 갖추고 있고 내가 판단하고 매듭짓는 식의 대답이다. 이런 경우는 면접관들이 질문을 던지지 않는다. 왜 던지지 않는지는 나도 모르는 일이지만, 질문이 들어오지 않는 부분은 관심이 없기 때문이라고 들은 적이 있다. 실수도 있었고 잘 모르고 대답한 경우도 많지만, 위의 상황에서 내가 실수를 했다고 자각한 적은 많지만 개선하지는 못했다.

장애인 직업 알선 기관에서 한 군데를 소개해 주었는데 설명이 대뜸 이러했다. "2층 작업장에서 나사를 조립하는 일인데 일도 쉬워 보이고 나도 배우면 할 수 있겠다."라고 설명해 주었다. 녹산 공단 쪽에 있던 공장은 5일간 수습으로 계약하지 않고 일하기로 약속하고 일사

천리로 나는 제조업 공장에서 일하게 되었다.

아침 8시에 시작하는 일이기에 새벽 5시에 일어나서 공장까지 가는 시내버스가 있는 곳까지 버스를 타고 다시 환승하여 공장까지 가는 버스를 타고 2시간 정도를 가야 도착할 수 있었었다. 이동에 힘이 들기도 했지만, 일할 수 있다는 점은 좋았다.

처음에는 피복을 벗기는 일부터 시작했고 며칠 지나서는 무언가 부품을 조립하는 일로 나아갔다. 조립을 이것저것 했다. 나사나 부속, 볼트가 크기 및 종류에 따라서 약 200가지 정도 되었다. 그중에서 실제로 쓰는 것은 일부였다. 그리고 피복도 종류가 다양했고 길이마다 잘라서 써야 했다. '이게 장애인이 할 수 있는 일인가?'라고 생각했다. 그리고 장애인 직업 알선 기관에서 해준 말과 다른 일을 시키고 있었다.

5일째가 되어 수습이 끝난 시점에 사장님께 물었다. 알고 보니 알선해 준 장애인 직업 알선 담당자의 이야기는 대충 둘러댄 이야기라고 하셨다. 2층의 일은 설계 도면이 바뀌고 나사를 조이는 어려운 일이라고 이야기했다. 이런 식의 거짓말이 이후로도 몇 번 더 있었던 것으로 기억한다.

담당자는 무조건 쉽다고 하며 자기도 할 수 있으니 어려울 게 없다는 것을 어필했지만, 사실 사람을 엿 먹이는 것 같았다. 그래서 나는 담당자의 말과 다르게 이 일이 힘들고 거짓으로 소개받은 일 같아서 계약하지 않은 채로 그만두었다.

내 마음속의 신을 움직이다(神進行)

사실 장애인 직업 알선 기관은 처음부터 좋지 않은 기억으로 시작한 곳이다. 장애인에게 일자리를 알선해 주는 곳은 처음 방문했을 때 대기실에서 대기하라고 해서 대기했더니 웬 덩치 좋은 사내가 자기는 담당자가 아니고 불려왔는데, 무슨 일로 왔는지 물었다. 담당자와 통화하고 구직에 관해 이야기를 드렸다. 그랬더니 "저한테 무슨 일 구하러 오셨는지 질문하신 적 있으세요?"라고 하길래 "당신은 담당자도 아니면서 왜 그런 질문을 하냐?"라고 했더니 꼬리를 내렸다. 꼬리를 내리는 것에 미안해져서 내가 먼저 미안하다고 하고 나온 적이 있다.

일반 알선 기관에서도 어떤 일이 있었다. 훈련비가 지급되는 부분에 대해서 질의했다. 그랬더니 확인하고 나서 입금해 주겠다면서 내가 받을 실업 급여를 무기한 연기했다. 연기되고 2주가 지나고 3주가 지나도 답변이 오지 않아서 담당자에게 대놓고 구직 활동으로 돈이 들어가는 일이 얼마나 많은지에 대해 이야기하고 이런 식으로 일이 지연되면 민원을 넣겠다고 이야기했다. 그는 내가 민원을 넣어도 떳떳했는지 넣으라고 이야기했다. 그래서 나는 노력하는 모습을 보이라고 이야기했더니 그 후로 며칠이 지난 25일에 바로 입금해 주었다. 장애인 고용공단에서 주어야 하는 훈련비도 2개월이 지난 뒤에 입금되었다. 그래서 나는 이 문제에 대해서 예민하게 굴었다.

그 후로 그렇게 알선을 잘해 주던 장애인 직업 알선 기관과 일반 알선 기관에서 언제부터인가 알선을 해주지 않았다. 메모를 남겨놓아도 보지 않았는지 연락조차 주지 않았다. 3개월 동안 한 10여 통은 연락했을 것이고 얼마나 많은 메모를 남겼는지는 모르겠지만, 고용 알선 기관의 내 구역 담당자는 공장 사건과 훈련비 사건으로 인해서 이미 나를 포기한 모양이라고 생각했다.

그렇게 세월이 지나니 실업 급여가 8월부터 끊겼다. 그래서 기존에 이용하던 장기 카드 대출을 받아서 10월까지 생활비로 썼다. 부모님은 돈이 없으니 내가 알아서 해야만 했다. 200만 원 가까운 돈이 3개월간 지출되었고 이는 고스란히 빚이 되었다. 이제 빚도 쓸 수 없다. 한도가 250만 원밖에 남지 않았고 총 빚은 1,800만 원이 되었다.

스펙에 비해 내가 태만했고 운도 따라주지 않아서 그렇게 되었다.

내 마음속의 신을 움직이다(神進行)

두 번째, 중(中)

실업 급여가 끊기고 장기 카드 대출로 돌려막을 수 있는 한도가 다 차서 무슨 일이든 해야 하는데 할 수가 없었다. 웬만해선 장애인을 받아주지 않았고 생각보다 나이가 많아서 일자리를 잡기가 어려웠다. 서류에 합격하고 면접을 보아도 쉽사리 취업이 안 되어서 발을 동동 구르고 있었다.

어느 날 집 근처 거리를 걷고 있는데 어떤 여자분이 나에게 팸플릿을 주셨다. 그 팸플릿을 보았는데 서구 사회복지관에서 청년들을 위한 프로그램을 진행하며 구직과 취업을 도와준다고 적혀 있었다. 그때 시각은 오후 2시 즈음이었다.

취직하고픈 마음에 팸플릿에 적힌 곳으로 무조건 전화했다. 그리고 위치를 물어보았고 통화가 끝나자마자 찾아갔다. 무슨 배짱인지는 모르겠지만, 왠지 목마른 사슴이 우물을 찾는 것 같은 느낌의 일이 일어난 것 같았다.

서구 마을버스를 타고 가면 된다고 해서 마을버스가 정차하는 곳에 가서 서서 기다렸다. 몇십 분 정도 기다리니 마을버스가 도착했고 나는 그 마을버스를 탄 뒤에 서구 사회복지관을 검색했고 지도 앱이 가르쳐준 곳에 내렸다.

거기 내려서 다시 전화했는데 찾는 분이 계시지 않아서 주위를 둘러보았는데, 자세히 보니 내가 내린 곳은 서구 노인복지관이었다. 지도 앱에서 내가 잘못 검색한 것이다. 그래서 서구 사회복지관을 다시 검색해 보았더니 노인복지관에서 15분이면 가는 거리였다. 버스를 타고 가도 되지만, 1시간에 1대 오는 것 같은 버스라서 걸어서 가면 충분히 가겠다고 생각해서 걸어갔다.

그런데 지도 앱에서 보기로는 평지였지만, 실상은 언덕을 올라가는 것이었다. 언덕 틈 사이로 여러 집을 볼 수 있었고 동굴 같은 곳도 있었다. 동굴 같은 곳을 지나서 계단을 올라가려니 끝이 보이지 않았다. 전부 언덕이었는데 틈틈이 집들이 보였다.

"이런 곳에서도 사람들이 살고 있구나."

내가 걸어온 길을 따라서 사람들이 사는 것을 보니 힘들게 오르는 길에 사는 사람들이라는 생각에 국민 임대 주택을 지어야겠다고 생각했다.

일단 서구 사회복지관에 도착했다. 땀이 많이 났고 도착하여 선생님을 찾았다. 선생님은 방에 도착하여 이것저것 물으셨고 답변 중에서 특히 기억나는 답변은 "저희가 취업 방향을 찾을 수는 있지만, 알선은 해 드리지 않습니다."였다. 그렇게 이야기해 주셔서 그래도 좋다고 했다. 무언가라도 해야 할 것 같은 생각에 나는 흔쾌히 할 수 있다고 이야기했다.

내 마음속의 신을 움직이다(神進行)

마침 공공기관에 면접을 잡아놓은 게 있어서 면접으로 도움받고 싶은 마음에 면접 도움을 받을 수 있냐고 물었다. 그래서 컨설팅을 잡아주셨는데 ○○대학교 취업 센터 선생님을 연결해 주셨다.

약속을 잡아 주시겠다고 해서 약속 날짜에 ○○대학교에 면접 컨설팅을 받으러 갔다. 면접 컨설팅을 받았는데 받는 것만으로도 자신감이 샘솟았다. 그래서 면접 컨설팅에서 자신감을 얻고 공공기관 면접을 준비했다. 면접장에는 내가 1등으로 갔다.

공공기관 면접을 보았는데 면접관 두 분이 "일단 먼저 죄송한 게, 2개월 정도만 채용하고 끝날 면접이라는 점을 말씀드린다."라고 하셨다. 그렇지만 그때 나는 2개월 채용이라도 괜찮겠다고 생각했다. 공공기관 근무 이력이면 앞으로 어디서든지 일할 수 있는 좋은 스펙이기 때문에 비록 2개월이지만 좋은 스펙을 얻어서 다른 곳에 취업하겠다고 생각하고 갔기에 문제가 되지 않았다.

면접을 자신 있게 끝내고 결과 발표를 기다렸다. 전화가 왔다.

"합격!"

공공기관 합격에 기뻤다. 비록 2개월이지만 합격해서 기뻤다. 그만큼 시간을 벌 수 있었고 그만큼 돈을 벌어서 급한 불은 껐다고 생각했기 때문이다.

가진 옷 중에는 10년 이상 지난 옷들도 있어서 새 옷이 필요했다.

그래서 새 옷을 샀다. 오피스 룩을 샀다. 물론 카드로 샀고 지금도 잘 입고 있다.

출근하고 나서 과장님을 만났는데 훤칠한 키에 날씬하시고 스마트한 인상이 지금까지 생각난다. 중년 남자 중에서 그렇게 멋있는 사람은 내가 본 바로는 드물었다.

첫날에는 전화를 2통 받고 둘째 날은 교육 행사를 도왔다.
셋째 날에는 내가 일하는 과의 대부분이 외근을 나갔다. 그래서 사무실에는 계장님 직급의 선생님과 과장님과 나만 있었다. 지시하신 대로 메모 남겨놓는 일만 해달라고 하셔서 메모를 남겼다.

그날 내가 전화를 다 돌려받아서 메모를 10개 이상 작성했다. 그날 전화를 20통쯤 받은 것으로 기억한다. 다음날에는 다 외근을 나가셨지만, 그래도 남은 인원이 조금 있었다. 그런데 내가 전화를 다 돌려받았다.

외근 나가신 선생님의 전화를 그렇게 많이 받아보니 이제 두려운 것이 없었다. 대부분의 업무가 전화응대였기 때문이다.

그렇게 한 달이 지나니 월급이 들어왔는데 꽤 많은 월급이 들어왔다. 어머니께 65만 원을 드렸다. 사실은 빚이 1,800만 원이 있는데 거치 기간이 3개월이라 이자만 30만 원 정도를 내야 했다. 원금을 갚을 때가 걱정이었다. 그렇지만 어머니께 생활비를 드리지 않을 수 없고, 걱정이 태산이지만 그래도 어떻게든 되리라 생각한다.

내 마음속의 신을 움직이다(神進行)

내가 예전에 일했던 패스트푸드점이 위생 관련 문제로 신문이나 방송에 보도되었다. 그걸 보고 생각했다. '그때 그 점장은 잘 지내고 있으려나?' 마침 내가 우연히 갔던 패스트푸드점에서 점장으로 일하고 있었다. 속으로 '공공기관에서 일한다고 하면 놀라겠다.'라는 생각을 하고 뒤도 안 돌아보고 나왔다.

이렇게 내 인생은 점점 풀리는 것 같은 느낌으로 나아갔다.

세 번째, 하(下)

그렇지만 3개월간의 근무가 전부였다. 공공기관에서는 다른 계획으로 사람을 잠시 채용해서 이용할 생각이었고 기존의 공석을 다시 휴가를 갔다 온 사람으로 메워야 했기에 나는 3개월 정도 근무하고 퇴사하게 되었다.

앞이 까마득했다. 월급으로 200만 원 정도가 들어왔으나 그것은 앞의 근무 기간과 합쳐서 계산했기에 200만 원이 들어온 것이지, 실제로 그다음 달부터는 1호봉인 170만 원 정도가 들어왔다.

공무직 사무원이 되었다는 소식을 들은 지인들과 가족, 친구들에게 한턱내고 사무실 공무원 선생님들과 사 먹던 점심이나 기타 비용들이 12월 명세서로 들어왔다. 120만 원 정도 썼다. 그렇게 써도 돈이 남았지만, 그마저도 카드론 이자로 30만 원 정도 나갔다. 얼마 되지 않는 돈으로 버텨야 하는 상황이 발생했다.

일단 공공기관에서 3개월 근무했던 이력으로 콜센터에 지원할 수 있었다. 기존에는 몰랐던 전화 스킬을 발견했기 때문에 주저 없이 콜센터 지원에 응시했다. 그리고 행정이나 사무 쪽으로도 지원했다.

만약 구직 활동에 1개월 이상 시간을 소모해야 하는 일이 벌어진다면 3년간 함께했던 카메라를 팔아야 하는 상황이 왔다.

내 마음속의 신을 움직이다 (神進行)

예전에 취업이 잘 안 되고 장기 카드 대출이 한도가 다 되면 카메라를 팔려고 생각했던 일이 지금 일어나고 있었다. 그래도 공공기관 3개월 취업 덕분에 시간을 벌 수 있었다. 좀 더 쓰고 좀 더 촬영할 수 있었다. 더 좋은 것은 공공기관 이력은 내가 무슨 일을 할 수 있을지 증명할 수 있는 좋은 이력이었기에 취업이 금세 이루어질 수 있을 것 같았다.

은행 빚은 2020년 3월에 원금을 갚게 된다. 기존에는 돌려막기로 거치 기간을 갱신하며 잘 갚아 왔지만, 이제는 스스로 갚아야 한다. 처음 원금은 70만 원을 갚아야 한다.

새해가 지나고 첫 출근을 해야 했다. 내가 아직 공공기관에서 일하는 것으로 아시는 부모님께는 1월 2일은 휴가라고 거짓말했다. 거짓말한 이유는 실망하게 해 드리고 싶지 않은 이유가 컸지만, 어찌 보면 부끄러워서 그랬을지도 모를 일이다.

1월 3일은 시무식을 핑계로 스튜디오 촬영을 나갔다. 이렇게 심각한 상황에서도 촬영을 나가다니, 지금이야 심각한 상황이지만 당시에는 가만히 있는 게 죄짓는 것 같은 느낌이 들었다. 그래서 일부러라도 움직여야겠다고 생각하여 시무식에 간다고 하고 촬영을 나갔다.

주말을 지내고 1월 6일에도 사무실 정리를 핑계로 바깥에 나갔다. 찜질방에 가서 4시간 정도 있었다. 노트북으로 취업 지원 사이트에서 이력서를 많이 넣었다. 될지는 모르겠지만, 아무튼 되리라 생각하고 넣었다.

지금 인생에 답이 없어서 내가 자주 가는 타로 카페에 타로를 보러 갔다. 무언가 조언이 필요하다고 판단했기에 보러 간 것이다. 직업 문제는 내가 편하지 않고 마음으로 고생한다는 결과가 나왔다. 편하지 않아서 힘들다고 나왔다. 그래도 직장은 3월과 4월에 꼭 좋은 직장에 취업한다고 나왔다. 3월에 카드론을 갚아야 했기 때문에 지금 당장 직업이 필요한 상황이었다. 어쩔 수 없지만, 1월은 백수로 있어야 한다는 철학인의 조언에 가만히 있었다. 그리고 더 이야기하길, "공공기관 퇴사는 네 잘못이 아니기에 매도 먼저 맞는 것이 낫다고 솔직히 말씀드리는 편이 좋겠다."라고 조언해 주서서 그 말을 따르기로 했다.

그래도 시간을 좀 보내야 할 것 같아서 영화관에서 〈천문〉을 보았다. 과거 위인 중에서 나는 장영실의 인생에 관해서 대단히 관심이 많은 편이다. 제일 재미있고 많은 영감을 주는 사람이다. 영화도 그렇게 그려졌다. 장영실을 알기에 그의 모습을 보며 많은 생각을 했다.

집으로 돌아가서 어머니께 30만 원을 드리고 오늘 회사를 퇴사했다고 이야기했더니 앓아눕기보다는 차분히 받아들이서서 그 점에 대해서 감사드린다. 그리고 "아침밥을 차리지 않아도 되네."라고 하셔서 기존의 아침밥 차리는 일이 얼마나 귀찮은 일인지를 생각했지만, 한편으로는 나를 위로하기 위해서 하신 이야기인지도 모른다.

그렇게 하루하루를 집에서 보내며 취업 지원 사이트를 통해 이력서를 넣고 자기소개서를 넣었다.

어느 날 우연히 유튜브에서 구충약에 관해 이야기하는 것을 보았는

내 마음속의 신을 움직이다(神進行)

데, 그 유튜브를 다 보고 나서 왠지 시도해 보고 싶은 마음에 구충약을 샀다. 하루에 한 알을 먹었는데 가격은 개당 500원이며 8알을 샀다. 사실 워낙 역류성 식도염이나 위 역류를 많이 느끼던 터에 구충약으로 감염 예상으로 생각하는 질환들을 잡아 보려고 생각했다.

구충약을 하루에 한 알씩 복용하고 4일을 그렇게 먹으며 3일은 쉬었다. 그리고 구충약을 나흘 동안 복용했다.

한 번씩 너무 피곤하면 저녁에 먹는 약을 못 먹고 자는 경우가 발생한다. 이번에도 그런 적이 있어서 약을 먹지 못하고 일어났다. 아침밥을 먹기에는 속이 부대끼는 면이 있어서 아침에 구충약을 먹었다. 약을 먹지 않으면 위가 불편하고 현기증을 동반했기 때문이다.

집에 있으니 별일은 일어나지 않았다. 오히려 맑은 정신으로 지낼 수 있었다. 하면 안 되는 일이기도 하지만 오랜 시간 동안 복용한 약이 무언가를 제한하고 있다는 생각을 떨칠 수 없었다.

잠시였지만, 머리 아픈 현기증도 없었고 그렇다고 메스꺼움도 없었다. 그렇게 하루를 보내니 머리도 괜찮았고 속도 조금 불편했지만, 그런대로 참을 만했다. 그래서 거기서 유혹이 일어났다.

'구충제만 복용하고 정신과 약을 먹지 말까?'라는 생각이었다. 오랜만에 약을 먹고도 개운한 상태가 나를 유혹하여 먹을까, 먹지 말까를 고민하게 되었다.

최근에 복지관 선생님께서 약 먹는 것에 관해 이야기해 주셨는데 내가 답하길 "약을 먹지 않으면 속이 메스껍고 현기증이 난다."라고 말씀드렸다. 복지관 선생님이 말씀하시길 "심리적인 스트레스 등의 원인으로 인해서 약을 먹는 경우네요. 만약 위만 탈이 났으면 내과에서 고쳐야 하는데 신경정신과에서 고치는 것을 보니 그렇네요."라고 하셨다.

　　환청이나 정신 이상으로 먹는 약으로 생각했는데 심리적인 스트레스를 알게 모르게 받기 때문에, 약을 먹는 원인에 심리적인 요인이 있을 것이라는 이야기를 해 주셨다. 정신장애가 어쩌면 심리적인 요인일 수도 있다는 말이다.

　　그렇게 생각해 보면 내가 장애를 겪는 답은 정해져 있었다.

내 마음속의 신을 움직이다(神進行)

네 번째, 특(特)

너무 피곤하면 약을 먹지 않고 자버리는 경우가 있다. 약을 먹지 않으면 어떤 일이 일어나는지 이야기하고 싶어서 '네 번째, 특(特)'에서는 약을 먹지 않은 상태의 이야기를 해 보려 한다.

자기 전에 약을 먹지 않으면 다음 날에는 아침 약을 먹고 외출을 삼가려고 한다. 앞에서 사회복지사 선생님이 이야기한 것처럼 심리적으로 외부의 스트레스를 받아서 그런지는 모르겠지만, 꽤 힘들기 때문이다. 현기증도 나고 구토는 기본이며, 밥도 못 먹고 시간을 소모하면 할수록 힘들어지기 때문이다.

이 이야기는 아침 약을 못 먹었을 때의 일이다.
대학 병원에서 일하던 중이었다. 출근하면서 아침에 먹어야 하는 아침 약을 못 먹고 나왔다. 아침 약을 못 먹고 일한 적은 그때가 처음이었다. 침상 관리나 병실 관리는 난이도가 높은 노동이 아니기 때문에 별일 없을 줄 알았다. 일을 열심히 했다. 쉬어가면서 하고, 살펴보고, 간호조무사 선생님의 지시가 있으면 받아오거나 치우거나 했다.

점심시간이 되었을 때부터 속이 좋지 않았다. 그렇지만 식사를 했다. 아침 약을 안 먹었다는 것을 알았기에 소식을 했고, 소식했음에도 나중에 대학 병원의 옥상 정원에서 쉴 때는 속이 좋지 않았다. 속이 좋지 않아 구역질을 했지만, 몸은 음식이 필요하여 빠르게 소화했기에 구역질만 나고 토사물은 나오지 않았다.

오후가 되어서 대기하고 있었을 때였다. 간호조무사 선생님과 의료기기를 보며 이야기하는데 손이 갑자기 떨려 왔다. 그걸 보고 화들짝 놀라는 간호조무사 선생님이 "얼른 쉬어." 하셔서 얼른 쉬었다. 갑자기 손이 떨리면서 현기증이 발생하여 오후 관리는 서둘러서 마무리 짓고 휴게실에서 쉬고 퇴근했다.

패스트푸드점에서도 이와 비슷한 일이 있었는데 그때는 위가 역류하여 구토를 일으키고 현기증이 났다. 그래서 그때 부점장님께 휴식을 부탁했고 흔쾌히 30분 휴식을 허락받았다.

이번에는 저녁 약을 먹지 않아서 발생한 사례에 관해 이야기하고자 한다.

지금 이 글을 쓰는 나는 저녁 약을 못 먹었다. 저녁 약을 못 먹으면 아침 약으로 버티는데, 그것도 한계가 있다. 구충제를 먹고 위장은 약간 나아지긴 했는데 그래도 구토가 있었다. 오늘 있었던 일이다.

너무 피곤하여 저녁 약을 먹지 못하고 잠이 들었다. 아침에 일어나서 내가 자주 먹는 일반 의약품으로 분류된 비타민제와 구충제를 먹었다. 그리고 오늘은 아무 곳도 가지 않으리라 마음먹고 대기했다.

그런데 마침 설날이 다가오던 때라 어머니께서 대형 마트에 심부름을 시키셨다. 심부름을 시키셨지만, 대기하려고 생각했다. 하지만

내 마음속의 신을 움직이다(神進行)

나는 거절하는 스타일이 아니기에 심부름을 받아들이고 나갈 채비를 했다.

그때는 복지 카드로 지하철을 이용했다. 평소 내 걸음은 내가 의도해서 걷는 걸음이 아니다. 내가 걷는 것이 아니다. 무의식적으로 걷는 것으로 생각한다. 내 의도로 걷지 않는 것은 약을 먹을 때도 마찬가지지만, 약을 먹지 않을 때면 걸음은 더욱 정확하게 내디디고 힘차게 뻗어서 걷는다.

한 번씩 제멋대로 방향을 틀어서 가는 걸음걸이가 있다. 나는 지하철을 타면 불특정한 승강장 입구에 서서 갈 곳을 랜덤으로 정해서 움직인다. 그러면 이상하게 자리 운이 좋거나 사람이 있는 자리라도 빨리 일어날 사람이 있는 자리 앞에 가서 선다. 그래서 나는 항상 사람들이 많아도 자리에 앉아서 갈 확률이 절반 이상이다.

지하철을 타고 갈 때는 아무 문제가 없었다. 목적지에 도착해서 길을 걷는데 웬 아주머니가 무언가를 물었다. 평소의 나라면 그냥 지나쳤겠지만, 왠지 무언가 알려드려야 할 것 같아서 들어보니 길 방향을 알려달라고 하셨다. 그래서 알려드렸더니 고맙다고 하셨다.

최근에는 길 안내를 핑계로 주변에서 이상한 종교인이나 GMO 단체에서 이상한 걸 물어보니 내가 실제로 길을 몰라서 길을 물어보려 접근하면 시민들이 다 피한다. 나쁜 의도로 접근하는 사람들이 많은 탓에 시민들이 길을 물어보려는 것도 나쁜 의도로 보니 세상이 삭막해졌다. 누구 탓을 해야 하는지?

다시 주제로 돌아와서, 원하는 목표 지점까지 가는데 구역질이 계속 났다. 침이 나오고 속이 안 좋았다. 그래도 정신은 아직 멀쩡했다.

물건을 다 사고 돌아가는 길에는 버스를 탔다. 그런데 몸이 좋지 않은지 오래 앉아있으려니 현기증이 나고 속이 울렁거렸다. 도중에 3번을 쉬었고 3번을 갈아탔다. 겨우 버스를 다 타고 집에 돌아와서 겨우 이렇게 글을 쓰는데 현기증이 난다. 힘이 든다.

어디서부터 고쳐야 해결되는지, 정신과적인 질환 이외의 내과 계통과 신경계 쪽의 안정은 언제 이루어질지… 정말로 힘이 든다. 약이 없으면 몸이 만신창이가 되고 움직일 수 없다.

하루만 약을 먹지 않아도 일상에서 움직이는 것이 불가능하다.
아직도 내 병은 고치지 못하고 현재 진행형이라는 생각이 든다.

내 마음속의 신을 움직이다(神進行)

나에게는 나무

아파트 경비 아저씨에 대한 기억

1990년이었다. 국민학교 때만 해도 우리 아파트 경비 아저씨와 친하게 지냈다. 내가 어렸을 때 집에 열쇠가 없어서 못 들어갔을 때 경비 아저씨는 선뜻 "배고프지 않니? 슈퍼마켓에서 과자 사 먹어라." 하시며 천 원을 주시며 잘해주셨던 기억이 있다. 그러한 기억이 좋아서 경비 아저씨가 바뀔 때마다 친하게 지냈다.

경비 아저씨는 몇 년마다 바뀌었다. 기억에 남는 아저씨가 있다. 아파트 경비 아저씨 중에서도 경력이 화려한 아저씨가 있었다. 사연을 들어보니 회사에서 사장으로 있다가 아내의 병을 치료하기 위해서 전국을 돌며 좋은 것을 다 먹여서 병을 고치려 했는데 실패하고 회사를 부도내서 처량하게 있다가 살아야겠다는 의지를 갖추고 경비직으로 들어왔다고 하셨다.

그분은 수산물 공장을 운영하셨었는데 밀가루와 생선의 비율을 맞춰서 어묵을 만든다고 하셨다. 그리고 푸른 등의 생선으로만 어묵을 만들 수 있고 붉은 등의 생선은 어묵으로 못 만든다고 하셨다.

그리고 참치 캔 제조에 관한 이야기도 하셨는데, 참치가 일본에서 횟감으로 팔렸는데 수확량이 많거나 수요가 없었을 때 참치캔으로 대체해서 팔았다고 하셨다. 참치를 찌고 목화씨의 기름을 짜서 참치에 넣는다고 하셨다. 요즘은 해바라기 씨나 오일 같은 것을 쓰지만, 예전

내 마음속의 신을 움직이다(神進行)

에는 목화씨 기름을 쓰셨다고 하셨다.

또 다른 경비 아저씨는 가라오케를 한국에 처음으로 들여오는 공로를 세우셨다고 하셨다. 기타나 다른 악기를 다룰 줄 아시고 밴드 활동도 하셨다고 해서 예전에 일렉트릭 기타가 있었을 때 잠시 배운 적이 있었다.

이러한 경비 아저씨들이 그 시절에는 아파트의 한 식구였지만, 요즘은 그럴 수 없어서 옛날을 생각하면 내가 나이를 많이 먹었음을 실감하게 된다.

대학교 근처에 있던 '논문의 집' 사장님

논문의 집 사장님과는 대학교 때부터 알고 지낸 사이다. 대학교를 일찍 마치면 세상사에 관해 이야기하며 지냈다. 항상 논문의 집에는 신문이 쌓여 있었는데, 그 신문들은 논문의 집 사장님이 보시는 신문들이었다.

사장님은 내가 처음으로 『상상동화집』을 펴내면서 점점 가까워지기 시작했다. 『상상동화집』은 내가 알맞은 표지 커버를 찾아서 만들었는데, 책의 퀄리티나 완성도가 높아서 주변에서 출판 권유가 쇄도했던 유일한 책이었다.

졸업했을 때는 찾아가지 않다가, 일하고 투병으로 몇 년의 세월을 보내다 2014년도에 『상상단편집』을 완성하여 다시 책을 맡겼다. 그런데 사장님께서 책을 더 만들어주셨다. 두 배로 만들어주셨는데 계산은 처음 정했던 가격으로 맞추어주셨다. 기뻤지만 내심 빚을 진 듯한 기분이 들었다.

이번에는 에세이도 처음 책으로 만들어보았는데, 기획에서 내용까지 퀄리티가 그렇게 만족스럽지는 않았지만 내색하지 않고 최종 완성본은 출판으로 해 보겠다고 말씀드리고 나왔던 기억이 있다.

그래도 내 출판의 의지를 꽃피워주신 논문의 집 사장님께 감사드린다.

내 마음속의 신을 움직이다(神進行)

내 주치의 박 원장님

　고등학교 때부터 환청이 들렸다. 사실은 환청은 견딜 만했지만, 같이 찾아온 위가 역류하는 현상으로 인해서 어머니의 손을 잡고 어느 신경정신과 병원을 찾았다. 내 원인에 대한 설명은 꽤나 많이 한 터라 치료해 주는 사람이라 생각하고 이야기했다.

　고칠 수 있다고 장담하는 원장님을 보고 고개를 저었지만, 약을 먹고 증상이 가라앉았다. 사실 왜 약을 먹어서 증상이 가라앉았는지는 모르겠지만, 사고력을 저하한다는 느낌이 크게 들었다. 사실 약을 먹지 않으려고 했는데 어쩔 수 없이 약을 먹었다.

　약을 한 번씩 빼 먹으면 머리가 예전처럼 잘 돌아가곤 해서 잘 빼먹었다. 박 원장님은 빼먹는 것을 경고했지만, 빼먹었다.

　약을 복용한 기간이 제법 지나서 내가 약을 부드러운 것으로 교체해달라고 했을 때도 아무 조건 없이 바꾸어주셨다. 사고력의 제한이 없어지자 나는 『상상동화집』 1권을 썼다. 환청은 조금씩 늘어났다. 환청이 늘어서 사고도 치고 병원에 입원도 하는 등 별의별 일이 있었다.

　대학 병원에서 담당 주치의가 약을 모조리 빼 주었을 때는 무서운 일을 저지르고 병원에 입원하기도 했다. 덤으로 눈이 당기는 부작용 질환을 얻어서 고생했다.

침대에서 동공이 가라앉기를 기도하며 지낸 근 2년 동안은 내 모든 것을 접고, 인생을 접고 가망 없이 매일을 보냈다. 모든 것을 정리하고 갔던 병원에서 박 원장님이 약을 조절해서 나를 고쳐주셨다. 고생은 많이 하고 밑바닥까지 가서 포기를 생각했지만 그나마 사람답게 살 수 있었던 것은 박 원장님의 노력도 한몫했다고 생각한다.

고맙다.

내 마음속의 신을 움직이다(神進行)

스튜디오 사장님

첫째, 스튜디오 사장님 중에 기억에 남는 사람들은 처음에 갔던 스튜디오의 닉네임 스님 사장님이다. 코스 사진사는 다들 초보라고 이야기하셨던 분으로, 나에게 지대한 영향을 주셨다. 항상 조리개의 값은 5.6을 써야 한다고 이야기하셨고, 스튜디오는 배경을 찍고 선명하게 찍기 위해 사용하는 장소라는 것을 각인시켜 주신 분 중 한 분이셨다.

둘째, 경성대학교에 있는 어느 스튜디오의 사장님도 그렇다. 그 주변에는 세 군데의 스튜디오가 있지만, 한 군데만 자주 이용했다. 부부 작가가 운영하는 스튜디오인데 여기서 호리존의 매력에 대해 알게 되었고 조명을 어떻게 쓰는지 철학적인 답변을 얻은 곳 중 하나였다. 한 번씩 간식이나 식사도 같이하는 사이까지 되었다. 촬영하러 가고 싶기도 하고 사람이 그리울 때 가 보고 싶은 곳 중 하나다.

인생 선생님 이야기

고등학교 3학년 담임 선생님들.
고등학교 때, 나는 모든 것을 갖추었고 동시에 잃어버렸다.

이분을 만나서 나는 대학교에 진학할 수 있었다. 두 가지를 이야기
할 수 있는데, 국어 학력 경시대회에 참가할 수 있었던 것과 ○○대학
교 원서 접수 마감 시간에 우여곡절 끝에 들어갈 수 있었던 일이 그것
이다. 어떻게 이렇게 딱 떨어졌는지 의문스러울 뿐이다.

고등학교 때 소설을 쓸 수 있었던 것도, 고등학교 때 많은 상장을
받을 수 있었던 것도, 대학교에 갈 수 있었던 것도, 투병하면서 희망
을 품을 수 있었던 것도, 장애인 등록이 되어 있어도 자존감을 유지
할 수 있었던 것도, 내가 내세울 것들 모든 것이 고등학교 3학년 때 담
임 선생님이 내 스펙의 기초 공사를 잘 해주셔서 내가 이렇게 클 수
있었던 것이다.

보이지 않는 손은 없었다.
우리 집은 밝히자면, 가난했다.

감사하다.

내 마음속의 신을 움직이다 (神進行)

지인들

일상생활이나 촬영을 하면서 다양한 지인들을 만난다. 좋은 경우도 있지만, 안 좋게 헤어지는 경우도 있다. 오해가 있는 일들이 많지만, 그걸 나도 알아채지 못하고 넘어가면 그게 화근이 되는 경우가 있다.

또한, 촬영하면서 교훈을 주는 사람들이 있었다.

교훈을 주는 사람들은 내게 무엇이 잘못되었는지 알려준다는 좋은 점이 있었다. 그 덕에 나는 많은 것을 할 수 있었고 진정한 발전을 이룰 수 있었다. 그들은 계속 좋지 않은 이야기들을 생각하고 이야기하지만, 그냥 그렇게 놔둔다.

내가 인생을 100살까지 산다면 몇 번 안 될 횟수로 만나는 사람들일 것이기에 일부 영향을 받을 수는 있지만, 그 일부 영향을 소중하게 간직하면 나중에 해 뜰 날이 있을 것이라는 생각을 하게 해 주기도 한다. 그 점에 대해서는 많이 감사한다.

직장에서 일할 수 있는 기회

이력서에 한 줄 적을 수 있는 경력을 주신 채용 담당자께 감사드린다. 채용으로 인해 나는 많은 결실을 맺었고 많은 일을 할 수 있었다. 많은 사람을 만나서 일하는 것에는 많은 준비가 필요하다. 또한, 이런 일을 글로 쓰고 출판하는 것에는 시간과 비용이 든다. 그 시간과 돈을 벌 수 있었던 것이 직장에서 일할 수 있었던 기회였다. 물론 내가 준비된 사람이어야만 할 수 있었겠지만, 직장 덕에 별 탈 없고 무리수 없이 보냈던 나날들을 생각해 보면 어쩌면 많은 일을 할 수 있었다.

감사할 수밖에 없는 자랑일 수도 있다.

내 마음속의 신을 움직이다(神進行)

소설

백조 이야기

동양과 서양이란 대륙 아래의 성스러운 대지와 이 지방의 맑고 푸른 호수, 거기에 아름다운 백조 한 마리가 살고 있었다. 여기에 사는 백조는 호수의 전설과 관련 있는 것으로 보였다.

백조의 노랫소리는 정말 천사의 목소리와 같다. 한번 노래를 부르기면 목소리가 아름답고 고요함의 음색은 백미이며 시시각각으로 변하는 목소리의 아름다움은 극에 달하여 그 절정에 성스러운 복종과 삶의 고독이 환상적인 마술의 세계를 섬세히 표현하기도 한다.

그 음색에 넋을 잃고 아름다운 목소리에 사로잡혀 백조 밑에 있는 정말 많은 동물 친구들이 백조와 친구 하기를 원했다. 이렇게 친구들을 얻은 백조는 자신의 능력에 한심하게 빠져든 친구들을 보며 말했다.

"내 목소리가?"

자신의 목소리에 감탄하며 자신의 능력에 기뻐했다. 어디 진정으로 자신이 노력했는가? 제 능력으로 친구가 모였으나, 백조는 친구들을 달갑게 생각하지 않았다. 쉽게 얻은 우정이 어떻게 가치가 있을 수 있을까? 진지한 친구들도 더러 있었지만, 백조는 아랑곳하지 않고 거만하고 깜찍한 자태로 모두에게 사랑을 받았다. 그러나 싫증이 나고 재미없기만 했다.

다람쥐가 힘들게 가져오는 도토리를 차버리고

내 마음속의 신을 움직이다(神進行)

토끼가 정성스럽게 뜯어오는 풀은 빼앗았으며
사자가 물어오는 생고기는 던져 버렸다.

정성스러운 선물들을 모두 거절해버리곤 했다. 진정한 마음이 없는 친구들이 백조 주위에 가득했기 때문에 그들에게서 회의감을 느꼈다. 한참 무료하게 동물들과 같이 지낼 즈음, 철새 무리가 우연히 호숫가에서 쉬게 되었다. 호숫가에서 쉬는 철새들은 동물 친구들에게 재미있는 다른 나라 이야기를 해 주었다.

한 번씩 방문하는 철새들은 다른 세상의 소식들을 전해주곤 했다. 다른 세상의 일들을 알 수 있는 일종의 외부 정보통인 셈이다. 철새가 와서 바깥소식과 신기하고 재미있는 이야기를 할 때면 모든 동물이 호기심 어린 눈으로 그들을 보고, 환호성을 지르고 놀라서 연신 박수를 친다.

백조 역시 이 일에 흥미를 갖고 다른 동물들과 이야기를 들었다.
순간 백조는 이상향의 세계를 꿈이라도 꾼 듯 이런 질문을 생각해냈다. 문득 이야기를 듣던 백조는 철새에게 자신과 맞는 짝은 어디 있냐고 물었다. 모든 동물은 백조의 뜻밖의 질문에 어리둥절해 했지만, 이 물음에 기대하듯 의문을 품은 채로 철새의 대답을 지켜봤다.

철새는 한번 크게 숨을 내쉬고 대답했다.
"대양 중 여기는 서양, 멀고 먼 이국의 땅은 동양. 동양이란 신비스러운 곳에 학이라는 어느 동물이 사는데 그 동물은 고상하고 품위 있는 기품은 물론이고 모든 동물에게 존경과 사랑을 한 몸에 받는다.

인간들은 그 동물을 신선이라고까지 일컫는다."

그 대답에 순간 백조는 눈을 번뜩이며 생각했다.

'아! 학이야말로 나와 어울릴 만한 동물이겠구나. 기껏 울음소리 때문에 나를 따르기만 하는 이들과는 다르겠구나.'

그 이야기를 듣고 난 백조는 학을 만나는 것을 소원했다. 백조는 몰래 철새에게 부탁했다.

"제발 이곳에서 벗어나게 해 줘! 나와 어울리는 임에게 데려다줘. 이곳에서 내 목소리 때문에 종속하는 무리와는 항상 같이 지내고 싶지 않아."

간곡하게 원하는 백조를 본 철새는 마지못해 허락했다. 그리고 한마디를 더 했다.

"장거리 비행을 할 건데 견딜 수 있겠냐?"

백조는 자신의 소원이 현실이 될 것이기에 기쁜 나머지 철새의 말에 이렇게 대답했다.

"그래, 괜찮아."

철새들을 따라 훨훨 날아오르는 백조. 경험이 없는 탓인지 이내 지치기 일쑤였다. 게다가 천둥을 동반한 폭풍우가 몰아치면 백조와 철새 일행은 바람 속에 휩싸였다. 경험이 어느 정도 있는 철새들은 폭풍우와 바람에 직면해서도 자유롭게 날아다니는 반면에 몸집이 크고 경험이 없는 백조에겐 고욕이 이만저만이 아니었다. 때마다 몰아치는 비와 바람에 백조의 몰골은 말이 아니었다. 그럴 때면 같이 날아왔던 철새들이 비웃곤 했다.

이윽고 바다와 굽이굽이 산천을 넘어 기묘하고 신비로운 향수가 밀

내 마음속의 신을 움직이다(神進行)

려들어 오고 곧 안개가 걷히면서 아름답고 빼어난 전경을 자랑하는 산수가 드러났다. 백조가 말했다.

"아! 여기가 바로 동양이란 곳인가?"

굽이굽이 언덕을 넘어 푸르고 푸른 거목들이 그 자태를 뽐내었고 자신의 눈에 익지 않은 동물들이 여럿 보이기 시작했다. 백조는 신기하여 두 눈을 껌뻑이며 다시 볼 뿐이었다.

이윽고 철새들이 말했다.

"여기가 동양이란 이국의 땅이야. 여기까지 데려다줬으니 바빠서 이만."

백조는 그렇게 철새 무리와 작별했다. 백조는 자신이 이곳에 온 목적을 까맣게 잊은 채로 아름답고 신비한 풍경들을 구경하고 있었다. 마침 호랑이 한 마리가 꿩을 사냥하고 있었다. 날카로운 이빨로 고함 한 번 내니 그 소리가 위엄 있었다. 백조는 호랑이를 보며 말했다.

"음! 저 줄무늬는 사자랑 견줄 만해."

백조는 모든 것이 신기했다. 그렇지만 자신의 목적인 학을 찾기 위해 호기심을 억제했다. 산을 타고 올라가 보니 나무 밑에서 벌통을 노리는 곰이 보였다. 백조는 자기가 사는 곳에서도 곰을 본 적이 있었다. 그래서 백조는 곰에게 다가가서 학이 어디 있냐고 물었다. 그러자 곰이 말했다.

"너는 어디서 온 거냐?"

백조가 말했다.

"저 멀고 먼 서양에서 온 백조다."

곰이 아래위로 백조를 한 번 보고 말했다.

"서양의 백조는 아름답고 우아하다고 하던데, 너의 몰골을 보아하니 백조의 명성도 헛것이었구나."

이에 백조는 화가 났지만, 그보다도 학이 어디 있는 줄 알아야 해서 노기를 억제하고 학이 어디 있는지 물어봤다. 그러자 곰이 다시 대답했다.

"산골짝 절벽에 늙고 산만한 고목 한 그루가 있는데, 그 늙은 고목 위에 둥지를 틀어서 산다."

이미 볼일을 다 본 백조가 인사도 없이 가니 곰이 뒤에서 조롱했다.

이윽고 수려한 산골짜기에 늙은 노송 한그루가 보인다. 그곳 위에는 과연 학의 둥지가 있었다. 그러나 주인은 없고 둥지만 덩그러니 남아 있었다. 둥지에서 내려와서 늙은 노송에게 학의 출처를 물으니 이렇게 말했다.

"학은 여행 중이다."

현모양처의 심정으로 임을 기다릴 수밖에. 산골짜기 옆에는 옥빛 폭포가 흐르는 호수가 있었다. 그 호수에 갔다. 그 호수에 문득 자신의 얼굴을 비춰 보니 깜짝 놀랐다.

"이런 추한 몰골이었다니. 곰이 조롱하는 것도 당연하지."

백조는 학이 올 때까지 마음을 가다듬기로 했다.

본디 옛 문헌에 따르면 중국 삼국 시대에 와룡이나 봉추 그리고 수

내 마음속의 신을 움직이다(神進行)

경선생이나 서서 같은 빼어난 모사들이나 모름지기 초야에 지내는 선인이나 지식인들은 집안의 우물 안 개구리가 되기보다는 세상이 돌아가는 이치와 뜻을 펼치지 않고 세상과 공유하며 자신이 발전하기 위해 세상을 정처 없이 떠돌아다녔다. 학도 일종의 그런 선비 기질이 있는 듯하다. 모든 세상 돌아가는 이치를 보기 위해 수행했던 것이다.

시간이 흘러서 계곡 빛깔이 옥빛이었던 것이 붉은빛이 되고 서서히 나무들이 붉은 잎으로 물들어 천연 루비 빛을 자랑하는 계곡물이 흘렀다. 하루하루 몸치장을 게을리하지 않았던 백조다. 어느 날 고목이 크게 말했다.

"학이 돌아왔다."
이 얼마나 기다렸던가! 백조는 서양에 있을 때처럼 그대로 기품이 묻어나는 자태로 한 번 날개를 펴고 접을 때마다 우아함과 고풍스러움을 떨쳤다. 날아가는 도중에 백조는 생각했다.

'드디어 학을 만나는구나.'
곧이어 큰 노송 위에 있는 학의 둥지에 도착했다. 그런데 자신이 기다리는 학은 어디에도 보이지 않는다. 그때 홀연히 안개 속을 헤치며 나타난 학. 과연 동양의 신비롭고 성스러운 모습과 기품뿐만이 아니었구나. 학이 제 둥지를 찾아서 발을 내디뎠는데 자신 옆에 아름다움으로 치장한 동물이 있었다. 학은 자신의 둥지 근처에 앉아 있는 백조에게 물었다.
"어디에서 오셨나요?"
이렇게 물으니 백조는 대답했다.

"저는 서양에서 온 백조라고 합니다."

백조라는 그 한마디에 학은 놀라서 대답했다.

"백조라면 서양에만 사는 동물인데."

"물론 저는 서양에서 삽니다. 그러나 당신이 보고 싶어서 찾아왔습니다."

백조는 이렇게 이야기하고 학에게 자신이 동양에 온 이유를 밝혔다. 그러나 학은 정중하게 거절했다. 그렇지만 백조는 포기하지 않고 필사적으로 학에게 호소했다. 백조의 청이 너무 간절하여 학도 그만 청을 수락해버리고 말았다.

이렇게 해서 학과 백조는 결혼했다. 늙은 노송이 주례를 보고 모든 동식물이 하객이 되어 그들의 결혼을 축복했다. 백조와 학은 함께 살았다. 영원토록 행복할 것 같았다.

그렇지만 백조는 많은 것을 알아야 했다. 동양의 기후에 적응해야 했고 서양에서 먹이가 되는 풀이나 물 같은 종류도 이곳에서는 모두 달랐다. 그리고 중요한 사실은 학은 정처 없이 떠돌아다니는 것을 즐겼다는 것이다.

학의 상징은 현자다. 세상의 진리를 탐구한다는 말로도 해석이 가능하다.

그리고 학은 백조의 간절한 소망으로 결혼한 것이지, 진정으로 백조를 사랑해서 결혼한 것이 아니었다.

백조는 혼자 지내는 날이 늘어났다. 백조는 서방님을 기다리며 세월을 세며 지냈다. 가끔 한 번씩 비치는 학의 얼굴에는 백조를 향한 사랑이 가득하진 않았다. 세월이 흘러 백조는 고향이 그리워져 서양으로 돌아가려 했다. 그러나 오랜 세월 동안 둥지 속에서만 머물다 보

내 마음속의 신을 움직이다(神進行)

니 장시간 비행이 어려웠다.

동양의 생활에 적응하기 위해 했던 모든 것이 그녀를 떠나지 못하게 했다. 결국 백조는 홀로 쓸쓸하게 빈 둥지와 노송을 품 안에 묻으며 살았다.

제빵사 이야기

어느 마을에 그런대로 괜찮은 제빵사가 있었다. 그 제빵사는 빵으로 명성이 난 도시에서 제빵 기술을 배우고 온 실력 있는 제빵사였다.

그의 실력은 주위에서도 인정할 만한 수준이었지만, 그는 가난했다. 그래서 하는 수 없이 공부를 마치고 그는 제빵을 가르치는 선생님으로 취직했다.

첫날에는 간단하게 자기소개를 하고 수업 계획을 발표하고 수업을 마무리 지었다. 그런데 제빵을 배우려는 사람들에게서 열정이라고는 찾아볼 수 없었다. 저녁이 되어 첫날 학생 평가를 했다. 모두 90점 이내의 점수를 주었다.

다음날 수업하고 있는데 도중에 들어온 학생이 눈에 띄었다. 지각한 학생이었다. 그는 지각하는 학생이 거슬렸지만, 그래도 꾹 참고 수업을 진행했다. 두 번째 날에는 모든 학생의 점수를 80점 이내로 주었다.

그다음 날은 전날에 외워오라고 한 빵 종류에 대해 아무나 시켜서 물어보았는데 제대로 대답한 사람이 손에 꼽을 정도로 수업 참여도가 낮았다. 세 번째 날에는 모든 학생의 점수를 70점 이내로 주었다.

이런 날이 계속되자 마침내 최저 성적인 50점대로 떨어졌다. 학생 성적 보고서를 본 원장이 제빵사에게 말했다.

"선생님이 가르치는 스타일은 잘 압니다. 그런데 50점은 좀 너무한 것 같습니다. 기본 점수를 70점 이상은 주세요."

내 마음속의 신을 움직이다(神進行)

원장의 말에 제빵사는 그렇게 하겠다고 말했다. 그러나 다음날 학생 성적 보고서를 본 원장은 제빵사를 불러서 화를 냈다.

"아니! 이번에는 0점을 주시면 어떡합니까? 저들은 파티시에가 되려고 이 강의를 수강했어요! 당신이 점수를 안 주면 저들은 파티시에가 될 수 없습니다. 학교의 평균을 깎아 먹는 짓은 그만하고 내일은 전원 100점을 주세요! 안 그러면 당신을 해고하겠습니다!"

원장의 불화와 같은 말에 제빵사는 고민했다.

'내가 저들을 정말 가르칠 수 있는 것인가? 알고 보면 내가 벽에다 대고 수업하는 것이 아닌가? 그리고 점수에만 연연하는 저 원장의 태도도 마음에 안 든다.'

그도 그럴 것이, 자신이 다녔던 제빵 학교는 칼 같은 수업 시간 엄수는 물론이고 선생님의 말씀을 거스르는 일은 절대로 하지 않으며 과제, 예습과 복습도 철저히 하는 곳이었기 때문이다.

더 이상 안 되겠다고 생각한 제빵사는 특단의 조치를 취했다. 다음날 수업 시간이 되자 제빵사는 학생들을 보고 말했다.

"내가 인쇄소에 제빵의 비법을 맡겨 놓았으니 그것을 보면 학교에서 배우지 않아도 훌륭한 제빵사가 될 수 있다."

제빵사는 그렇게 말하고 그날 수업을 마쳤다. 많은 학생이 인쇄소에 가서 제빵사가 인쇄소에 맡겨놓은 책을 찾았다. 그런데 그 책에는 "제빵의 비법."이라는 한 줄만 덜렁 적혀 있고 모든 페이지가 공백인 것이 아닌가?

그것을 본 일부 학생들은 모욕적이라며 제빵사를 욕하곤 했다. 그도 그럴 것이, 만약 인쇄를 잘못했다면 글자 하나라도 나오지 않고 전부 다 빈 페이지여야 했기 때문이다.

다음날, 모욕감이 든 제자들은 교실을 찾아갔다. 교실 칠판엔 오늘은 휴강이라고 적혀 있고 교탁 위에 작은 쪽지가 있었다. 학생들은 그 쪽지를 열어보았다.

"의지 없고 눈동자가 꺼진 학생들이여. 나는 많은 실망을 안고 이 쪽지를 쓴다. 나름대로 열정을 품고 가르치려 해도 내 실력으론 역부족이다. 내가 인쇄소에 맡겨놓은 책처럼, 너희의 마음은 공허하며 의욕도 없는 쓰레기에 불과하다. 공백이 가득한 책을 보며 스스로 반성해라. 다음 시간이 마지막이 될 테니 그때까지 내가 말한 것들을 잘 생각해보도록."

제빵사의 독설이 담긴 문장에 모든 학생들이 몸서리쳤다.

다음날 제빵사는 미리 원장실에 가서 사표를 제출하고 교실로 향했다. 교실은 싸늘했고 제빵사는 냉기 가득한 표정으로 교단에 올랐다. 그런데 교단 위에 빵 하나가 놓여 있는 게 아니겠는가? 제빵사가 빵에 관해서 묻자 학생들은 자신들이 만든 빵이라며 실력을 평가해달라고 했다. 제빵사는 어차피 마지막 수업이니 속는 셈 치고 빵을 먹었다. 그런데 빵이 생각보다 괜찮은 것 아닌가? 제빵사는 놀라며 어떻게 된 일인지 물었다. 그러자 한 학생이 대답했다.

"어리석은 자는 변명을 먼저 생각하고 현명한 자는 해결을 먼저 생각한다고 했습니다. 어리석은 자가 되지 마시고 저희를 믿어주십시오. 시작이 반이라고 하지 않았습니까?"

내 마음속의 신을 움직이다(神進行)

책을 마치며

마무리

여기까지 오시느라 수고 많으셨습니다.

이 책은 내용도 내용이지만, 저의 일상생활과 생각을 고스란히 담아서 만든 에세이가 되었습니다.

생각해보면 잠재된 왕따의 기억이나 학창 시절 대인관계의 어두웠던 점이 저에게는 상처가 되었습니다. 그 억압되었던 상처를 안고 고등학교 1학년 때 모래주머니를 허리에 두르고 두 달에 가까운 시간 동안 겨울 등산을 빠짐없이 했을 때, 정신과적인 치료나 안정을 초반에 받고 건강을 생각하고 밸런스를 유지하며 차후에 등산했었어야 하는데, 그때의 큰 실수로 지금에 이르지 않았는지 생각하게 됩니다. 별도로 지금까지 허리도 통증이 있습니다.

그리고 병의 원인도 밝힐 수 있습니다. 스트레스가 원인인 점이 컸고, 두 번째는 제가 느꼈던 소음이 한몫했다고 생각합니다. 소음을 착각하고 그 소음에 스트레스를 받아서 병이 걸렸다는 추측도 해 볼 수 있었습니다.

병원 약도 일반 사람이 먹으면 좋지 않은 영향을 주는 약이라는 것을 사례를 통해서 말씀드렸으며, 대학 병원에서 치료받아서 동공이 올라간 일에 대해서는 병원을 원망하며 지낼 수밖에 없을 것 같습니다. 그렇다고 해서 지금까지도 크게 원망하는 것은 아니지만, 평생 안고 가야 할 고난일 수 있겠습니다.

내 마음속의 신을 움직이다(神進行)

잡신일 수도 있고 환청이 지어낸 것일 수도 있지만, 환청으로 들렸던 이야기는 신과 연관이 있는 이야기였습니다. 불교나 천주교를 접하면서 생각한 것인지, 아니면 우리가 배운 교과서의 내용 중에서 가장 높은 존재가 신이었기에 그런 생각을 했는지는 모르겠지만, 어쨌든 그렇습니다.

대학 병원의 폐쇄 병동에 있는 사람 중 한 사람과 이야기를 나눈 적이 있는데, 자신이 옥황상제라고 이야기했습니다. 그 사람이 왜 옥황상제인지는 모르겠지만, 저도 비슷한 이야기를 타로/사주 가게에서 들은 적이 있습니다.

연주와 시주에 '표'이 하나씩 있는데, 이런 사람은 전생에 천상계의 사람이라고 하더라고요. 죄를 지어서 지상에 내려온 사람이라는 이야기도 했고요.

그러나 별로 신경 쓰지 않습니다. 전생이 과연 무엇이 중요할까요? 현재 전 평범한 조현병 환자에 불과합니다.

또 이야기하고 싶은 것은, 선택을 잘해야 한다는 것입니다. 만약 대학 병원에서 주는 약만 먹었다면 제가 지금처럼 자유롭게 살 수 있었을까요? 우연한 선택으로 인해 저는 여러 가지 일을 할 수 있었습니다. 감사한 일입니다.

사진사로 활동하며 많은 사람에게 도움을 받았다고 생각합니다. 만약 사진이라는 취미가 없었다면 사람들을 만나서 커뮤니티 활동을 할 수 없었을 것이고, 사람들을 멀리하며 발전 없이 혼자서 외롭게 지냈을 것 같습니다. 사람들을 만나면서 제가 그래도 괜찮은 사람이란 생각을 가진 것도, 같이 사진 취미를 함께해 주신 여러분이 있었기에 가능했습니다. 어려운 일도 많았지만, 이겨낼 수 있도록 주위에서 도와주신 것도 잊지 않고 갚겠습니다.

아버지는 저에게 "솔직히 평범하게 살기가 어렵다. 그렇지만 평범하게 살아라."라고 하셨습니다. 위의 일들을 거치고 보니 평범하게 살기가 어렵네요.

이 책의 교훈과 결말은 이러한 일들을 겪고 아픈 과거를 가진 저이지만, 그래도 잘 지내고 있다고 말씀드리고 싶습니다. 잘 지내고 정상적으로 살아가는 것을 제 인생의 교훈으로 삼았습니다. 지금까지 저는 남에게 피해를 주지 않고 소소하게 제 마인드를 지키며 살아가는 삶과 평범함에 감사하고 만족하는 삶을 살 수 있었다고 생각합니다.

또 다른 교훈을 하나 더 이야기하자면 다음과 같습니다.

"선택의 기회가 오면 선택을 잘해야 한다."

이런 소박한 교훈으로 이 책을 마치려 합니다.
오늘이 있을 수 있는 건, 어제의 여러분의 배려가 있었기에 가능할 수 있었습니다. 감사합니다.

어록

- 미래를 읽지 못하면 과거와 현재를 지킬 수 없다.
- 내가 운이 좋아서 한 일들을 생각해 보면 어쩌면 다른 사람이 나를 생각해서 배려하여 이루게 해 주는 일들이 많다.
- 나중에 못 만날 일이 생길 수 있으니 잘해 줄 수 있을 때 잘해 주자.
- 취미는 행복해지기 위해서 하는 것이니 내가 촬영할 때는 둘 다 행복하고 얻는 것이 있어야 제대로 취미를 즐기는 촬영이 된다.
- 끊임없이 잘해 주면 그게 권리인 줄 아는 사람이 많다.
- 사람을 보면서 그 사람이 만들어지기까지 얼마나 큰 노력과 돈이 들어갔는지 생각해 보면 그 사람을 함부로 대할 수 없다.
- 우연으로 시작한 일이라도 성공하면 많은 성장을 이룰 수 있다.
- 경솔하게 행동하지 않는다.
- 항상 고운 말을 쓰고 한 번 쓴 말도 되돌아보자.
- 사랑받지 못할 팔자라면 누군가에게 사랑을 주자.
- 남의 것을 탐하지 말고 남에게 항상 이벤트 같은 삶을 주자.
- 한 번 배반하면 두고두고 보았다가 판단하여 인연을 정리하겠다.
- 그렇지만 과거에 있었던 일로 현재의 타인을 판단하지는 않는다.
- 최선을 다해 맞이하고 대가를 바라지 않고 뒤돌아서 배웅한다.
- 지금 할 수 있는 일은 당장 하자.
- 무리하지 않게 일하고 무리하지 않게 사람들에게 이야기하자.
- 화는 자신의 자존심을 지키기 위해서 내면 안 된다.
- 사람을 가르치려는 말은 하지 말아야 한다.
- 말투에 신경 쓰면 그 사람을 존중하는 마음을 가질 수 있다.
- 자신이 했던 행동에 책임을 질 수 있는 사람이 되자.

의식이 맺는다

이 글을 쓸 수 있었던 이유는 제가 10대에 10대를 마감하는 자서전을 쓰려고 했을 때부터 제가 겪은 일들을 꼭 글로 출판하고자 했던 꿈이 있었기 때문에 오늘의 이 책이 가능했습니다.

출판의 꿈은 10대 때부터 꾸었지만, 20대와 30대에 상상도 못 할 일들을 겪으면서 더욱더 자서전과 에세이를 쓰고 싶은 마음에 오늘 이러한 결론이 나온 것입니다.

이 책에 나온 범상치 않은 일들은 모두 사실이지만, 누군가가 관심을 가지거나 도와주었다면 솔직히 겪지 않았을 일이었을 것 같고 겪지 말아야 할 일들도 겪었다고 생각합니다.

제 청춘과 오늘을 맺음합니다.

-천공조망[1985~2020]

내 마음속의 신을 움직이다(神進行)

무의식이 쓰다

처음 책을 만들 때는 거침없이 썼다.

그 이유는 거침없이 썼기 때문이다.

첫 책과 두 번째 책 사이에는 엄청난 공백이 있었다.

그것은 고생이었지만, 누구나 겪을 수 있는 고생이었다.

그러나 나는 나만의 결과를 냈고 많은 사람이 실패하는 모습과 현실에 타협하는 모습을 보았다.

나보다 더 어려운 길을 걸었던 사람들이 있었기에 이 책의 내용은 그들에 비해 초라하지만 마지막으로 책을 남긴 이는, 직접 남긴 이는 얼마 없었을 것이다.

나는 고뇌한다. 지금의 나는 내 의지와 상관없는 선택을 하기도 한다.

그것이 무슨 이유에서인지는 모르겠지만, 나는 계속 따라다닌다.

무서움 같은 것을 느낄 새도 없이 점차 스며들었고 결국 그러한 결정이 나를 만들었다.

신적인 존재는 아니라고 부정하겠지만, 나는 신이 아닐 수 있다.

결론은 무슨 일을 하든지 이 사람은 내가 모시는 사람이다.

나는 어디든지 따라다니는 나는 이 사람의 그림자다.

-각성했을 때 손의 느낌으로 쓴 글

정리하는 의문

부정의문문

어렸을 때, 만약 뚱뚱하지 않고 왕따를 당하지 않았으면 이후의 내 인생이 어떤 인생으로 흘렀을까 생각해 본다. '초등학교 5학년 때 나를 집단으로 따돌렸던 애들이 없었다면…', '아예 학창 시절에 괴롭힘과 나약함이 없었다면…', '대학교에 합격하지 못했다면…', '사람들에게 관심이 있었다면…', '첫 아르바이트가 대기업이었다면…', '내가 금수저였다면…', '집이 기울지 않았다면…', '내가 아팠을 때 어머니가 정신과에 데러가지 않고 속이 쓰린 증상을 잡으러 내과에 갔다면…', '내가 대학을 두 번 다녔다면…', '기쁜 순간이 많았다면…', '누나들이 다 시집을 갔으면…', '내가 혼자 살았으면…', '퇴마 스님에게 빙의 테스트로 기운을 안 받았으면…', '신용카드를 안 만들었으면…', '책을 안 냈으면…', '카메라를 안 잡았으면…', '보험 영업 제의를 받지 않았으면…', '고등학교 때 친구들을 안 만났으면…', '병원에 입원하지 않았으면…', '착실히 약을 잘 먹었으면…', '아르바이트나 회사를 길게 다녔으면…', '세월을 낭비하지 않았으면 후회하지 않았을 텐데…', '패스트푸드 점장에게 잘 보여서 잘리지 않았으면 빚도 생기지 않았을 텐데…'라는 생각을 했을 것이지만, 다르게 본다면…

긍정의문문

학창 시절 대부분의 시간 동안 따돌림을 당하고도 고등학교 1학년 때 겨울 방학의 산행으로 극복했지. 고등학교 때 컴퓨터 자격증을 3개나 따서 상도 받았지. 학교에서 좋은 선생님들을 만나서 잘 성장했지. 고등학교 때 도서부에 가입해서 마음의 양식을 쌓았지. 운 좋게도 대학도 갔지. 대학에 가서 내가 하고 싶은 대로 공부해서 견문을 넓혔지. 아픈 일들이 있어서 괴로웠지만, 시간이 지나고 보니 좋은 경험과 능력이 되었지. 정신과 치료 덕에 열심히 살았지. 누나가 좋은 회사에 다녀서 집에 보탬이 되지. 아픈 것도 어느 순간부터는 낫고 있지. 여러 가지 직업을 가지면서 사람이 됐지. 괜찮은 중년까지는 아니더라도 그럭저럭 살지. 카메라 다루면서 대인관계가 넓어졌지. 그리고 지금까지 책도 3권이나 썼지.

부정적인 일들은 후회지만, 긍정적인 일들은 일어난 게 기적이다.

사회적인 시각

1

교육을 받고 직장에 다니면서 나만의 사회적인 시각을 가지고 있다. 옛날의 존칭이나 예법들은 현대에 오면서 변형되거나 왜곡되고 훼손되어 더 이상 옛것을 그대로 따르는 사람이 없다고 생각한다. 옛날의 관념은 사라졌다고 생각한다. 그것을 몇 년 전까지만 해도 안타깝고 쇠퇴하는 예절이라고 생각했는데 지금은 변화나 발전으로 해석하고 있다.

사회가 점점 유치해지는 것 같은 느낌을 지울 수 없다. 예절은 없어지고 서비스를 받으려는 현상은 더욱 커지고 있다. 왜 이 세계에서는 존중이 없을까 하고 생각하며 자신의 자존심을 내세워 정당하게 포장하여 권리 행사와 도둑질을 하는지를 생각한다.

2

직장에 다니고 교육을 받다 보니 시스템적인 문제를 깨닫게 된다. 공공기관에서 일해 보니 어느 정도의 정부의 시스템, 조직도를 이해하게 되고 서비스업을 접하다 보니 사람들의 노동이나 근로가 왜 힘든지 이해하게 되었다.

그러다 보니 어쩔 수 없이 그러한 행동을 할 수밖에 없는 상황이 생긴다는 생각이 들었다. 공무를 수행하는 사람들은 짜여 있는 여러 가

내 마음속의 신을 움직이다(神進行)

지 절차들과 주위에서 하는 이야기와 권한을 행사하는 여러 가지 직군들의 사람들이 얽히고 설켜 있으니, 비록 대통령이라 할지라도 자기 마음대로 하지 못하고 주위에 의해서 움직이는 사람이 되지 않았을까 싶다. 주위에 촘촘히 짜인 순리대로 움직이다 보니 거기에서 좌절하는 사람들이 많았겠다는 생각이 들었다. 그랬구나. 그래서 사람들이 촘촘한 권력을 알면서 짜여진 틀과 한계와 절망에 부딪히는 어떤 원리로 사람들이 어떤 생각으로 생을 마감하는 것을 선택하는지 생각했다.

3

지금의 내 능력으로는 나는 아직 이 시스템적인 일들을 거스를 수 없는 사람이다. 그저 내 한계를 바라보며 오늘도 눈을 감는다.

나를 매듭한다

마지막으로 내 상태에 관해서 이야기하고 끝내겠다.

무의식에 집중하면 속에서 아무 말이나 다 나온다. 내 의지와 상관없이 말이 나오긴 하지만, 내가 제어할 수 있다. 바깥에 나가서 걸음걸이에 신경 쓰지 않고 걸으면 내 의지와 상관없이 아무렇게나 발걸음이 나아간다. 이유는 모른다. 그러나 이것도 내가 방향만 잡으면 바로 걸을 수 있다.

1

글을 아주 잘 쓴다. 어머니께서 카카오톡으로 무언가 답례 글을 써야 한다고 하시면 거기에 해당하는 문장을 10분 만에 3개 정도 만들 수 있다. 영감이 떠오르면 쉬지 않고 핸드폰에 기록해두었다가 나중에 소설화한다. 1개월이 채 되지 않는 시간 동안 소설 1편을 쓸 수 있다. 단편소설은 일주일 정도면 가능하다.

2

손편지를 잘 쓴다. 글씨도 나쁘지는 않지만, 여러 통 써야 하는 일이 생긴다면 내용이 기계적일 수도 있다. 썼던 문장을 재활용한다. 그러나 옛날에 썼던 문장은 쓰지 않는다.

내 마음속의 신을 움직이다(神進行)

3

사진을 잘 찍는다. 라이브 뷰로 먼저 조리개와 셔터 스피드와 ISO를 맞추고 나서 먼저 색감을 보고 촬영한다. 스트로브를 자유롭게 다룬다. 야간 촬영도 스트로브 하나로 촬영이 가능하다.

4

처세술에 능하다. 그러나 면접 때가 되면 얼어버린다. 그리고 내가 했던 말에 대해서 책임질 수 있다. 언변은 예전만 못하다. 눈이 나쁘다. 음악을 좋아한다. 누굴 좋아한다고는 이야기하지 않겠다. 그 뮤지션에게 민폐가 될 것 같아서 이야기하지 않겠다.

5

중요하다고 판단한 이야기만 한다.
웬만한 이야기들은 신경 써서 이야기하는 편이다.